DE LA MÊME AUTEURE

Oss, Leméac, 2011.
Le corps des bêtes, Leméac, 2017.

LES SANGS

Illustrations en couverture et à l'intérieur : Audrée Wilhelmy

Les extraits de *Peau d'Âne* et de *La Barbe Bleue* reproduits dans cet ouvrage sont tirés du recueil *Contes des fées* de Charles Perrault, publié à Paris en 1817 et disponible en ligne sur le site Gallica.

Leméac Éditeur remercie le Conseil des arts du Canada et le gouvernement du Canada, la Société de développement des entreprises culturelles du Québec (SODEC) et le Programme de crédit d'impôt pour l'édition de livres du Québec (Gestion SODEC) du soutien accordé à son programme de publication.

Canadä

ISBN 978-2-7609-3656-0

Imprimé au Canada

Audrée Wilhelmy

Les sangs

roman

NOMADES

À ceux qui ont donné
du croquant
à ce livre

Mercredi Fugère

Le jupon de toile laisse entrevoir des jarretelles brunes ; les chevilles d'oiseau disparaissent sous des jambières de laine foncée qui tombent par-dessus les sabots. La robe est bleue, usée, ample, retenue à la taille par un ruban fuchsia ; la manche glisse sur l'épaule, dévoile la dentelle rose-thé des dessous.

Rire rauque qui contredit la gracilité féminine du corps. Le son monte du ventre et se brise dans la gorge. Main gauche contre la bouche, auriculaire surélevé, doigts tendus devant les lèvres. La défunte mère, mondaine consommée, devait avoir le même geste.

Dimanche 5 janvier

Le repas des enfants Rü est la première chose que j'observe à la Pourvoirie. Cachée derrière une tapisserie aux motifs numides de grues, je regarde Féléor Barthélémy qui mange et je pense : « Le canard serait meilleur sans toutes ces épices. »

Il est assis face à ses frères. Ils sont trois d'un côté, lui occupe seul l'autre moitié de la table. Devant lui comme devant les autres sont posés une serviette de lin, une coupe et un gobelet de cristal, la petite assiette, pour le pain, et un bol plat contenant de l'huile tiède et des herbes aromatiques. Ses couverts ne sont pas les mêmes que ceux des autres membres de la fratrie. Le couteau est un couperet, la fourchette a deux dents. Au centre de la nappe, à mi-chemin entre les quatre enfants, se trouvent un grand bol vide, une bouteille de vin rouge, un flacon de sel et les dernières pommes du verger, conservées en chambre froide, coupées en quartiers et disposées en fleurs sur un plateau de service. Quatre pots de grès, pas plus grands qu'une main de femme, sont alignés au bout de la table et sur chacun d'eux est inscrit le nom d'une épice.

Les enfants attendent. Quand le gong retentit, ils se retournent, excepté Féléor, dont seuls les yeux bougent. Son visage demeure impassible, il fixe les portes des cuisines qui s'ouvrent solennellement. Il regarde sans ciller la jeune fille qui apporte son assiette (elle a les traits nerveux d'un colibri). Elle le sert le premier, même s'il n'est pas l'aîné. Personne ne réagit et tout donne à penser que cette pratique peu conventionnelle est d'usage dans le château. Une cloche d'argent couvre l'assiette. La petite servante la soulève, dévoile une poitrine de canard qui n'a pas été cuite et le flanc cru d'un agneau dépecé. Féléor sourit, remercie doucement la domestique qui retourne aux cuisines. Pour les trois frères est exécuté le même cérémonial, mais ce sont des garçons de service qui entrent et posent, en synchronie, les assiettes devant les enfants. Leur repas est commun : caille braisée aux poires, décapitée mais sinon entière, couchée dans un nid de fruits cuits. Les garçons mangent en silence, mais ils mangent très vite, en crachant les os qu'ils n'avalent pas. Féléor, lui, consomme sa viande poliment. Il coupe dans la volaille des tranches minces comme un ongle, il y ajoute des pommes et des épices d'Orient, il porte la nourriture à ses lèvres et mastique sans empressement, la bouche fermée. Ses lèvres sont belles, fines, bien définies. Entre les bouchées, parfois, son visage devient songeur et il ne regarde plus rien. Puis il retourne à son assiette, mélange à l'agneau du lait caillé. Il n'en renverse pas. Quand ils mâchent leur salade, ses frères ressemblent à trois vaches d'élevage, mais lui mange avec élégance chacune de ses bouchées. D'ailleurs, il ne termine pas les pièces de viande. Quand il en est las, il pose ses ustensiles à l'envers dans le plat, la petite servante revient chercher l'assiette, il dit « merci » à nouveau et essuie la commissure de ses lèvres avec le coin de sa serviette.

Viennent ensuite le fromage, les friandises, le chocolat, le café. Le feu crépite dans l'âtre ; à part les bruits de flammes, de mastication et de déglutition, il n'y a pas un son. À la fin du repas, les couverts ont été débarrassés, les assiettes ont disparu en cuisine ; sur la table restent quelques miettes de pain, une bouteille vide et des serviettes froissées. Du côté qu'occupait Féléor, la nappe grise est impeccable. C'est à peine si on remarque que quelqu'un y mangeait plus tôt.

*

Lorsque, dans la soirée, je décris la scène à Père, il s'intéresse aux garçons comme aux animaux qu'il étudie. Il prend des notes en chuchotant « intéressant », demande quelques précisions, puis donne un numéro au feuillet et le range parmi les milliers d'autres qu'il garde dans une malle imperméabilisée. Rien d'inhabituel, excepté qu'il en ressort ce cahier qu'il me donne. « Pour tes propres observations. »

Samedi 18 janvier

Tous les après-midi, de treize heures à quinze heures vingt, madame Rü s'appelle Émilie. Dans ses appartements, elle dénoue sa chevelure, retire sa robe et s'assoit, en jupon, dans une bergère posée près d'une fenêtre givrée qui a vue sur les jardins. Parfois elle lit, parfois elle écrit, d'autres fois encore, le plus souvent, elle ne fait que regarder la neige et le haut moulin à vent du meunier. Parfois, enfin, elle a de la compagnie. Par exemple, aujourd'hui, c'est moi qui l'accompagne parce qu'elle me l'a demandé. Je conserve ma robe, mais permets à une femme de chambre de me décoiffer, je m'assois devant Émilie et j'attends.

Pendant un moment, nous ne parlons pas. Madame Rü a l'air sévère, Émilie est belle. Je fixe mes mains, mais je vois sa poitrine se gonfler et se détendre ; je sais que je pourrais observer son corps sans gêne, elle s'exhibe pour qu'on la regarde, mais je ne le fais pas.

Un garçon de cuisine entre, plus gêné de me voir décoiffée que de voir sa maîtresse à moitié nue, et place entre nous un plat de marrons fumants. Le froid traverse la fenêtre close, mais les châtaignes sont dans un bol couvert et elles restent chaudes. Émilie se sert la première, elle pose le fruit dans sa paume, comme pour le peser, puis elle le porte à sa bouche en plaquant sa main entière sur son visage, son pouce d'un côté de son nez, les grands doigts, à plat, de l'autre. Je prends une châtaigne et la mange à sa manière, mon majeur effleure mes cils et mon auriculaire, mon menton. Elle sourit. Après, nous parlons. Je ne la connais pas. Elle dit qu'elle se souvient de moi, qu'elle m'a vue, deux ou trois fois, quand j'étais bébé. Je ne m'en souviens pas. Elle me demande à quoi ressemble notre vie, depuis que Mère est morte, depuis que Père a été renvoyé du Muséum ; je lui dis que sa demeure est la septième que nous habitons en trois ans. Elle me parle de la faillite de Père ; je lui dis qu'il ne me tient pas au fait de ses finances (ce n'est pas vrai). Elle dit que ce sont aussi mes finances ; elle explique qu'il n'y a guère d'avenir pour moi depuis que Mère est morte. Elle dit que c'est elle qui avait l'argent, que je suis maintenant plus indigente qu'une femme de chambre, mais elle ajoute que la célébrité de Père me sauvera peut-être d'un mauvais mariage. Je n'ai rien à répondre : c'est vrai que je suis pauvre. Avant le scandale du Muséum, Père était un éminent professeur d'histoire naturelle, le seul spécialiste des rituels alimentaires au pays ; nous avions une maison à la Cité, un petit manoir de campagne, un nom. Puis, après la mort de Mère, il y a eu le scandale, le renvoi, la faillite. Cette vie-là n'est plus la mienne. Émilie dit : « Il ne faut pas vous laisser abattre. » Je ne suis pas abattue. Ma vie maintenant n'est ni mieux ni pire que l'ancienne. C'est ce que je réponds. J'ajoute : « C'est indifférent. » Je mange une autre châtaigne, nous ne disons plus rien, mais je la laisse me coiffer en silence. Sonnent quinze heures, Émilie s'apprête, elle redevient une dame en s'habillant pour le thé. Moi, j'ai les cheveux tressés en couronne.

*

Quand je la quitte, madame Rü dit : « Si j'avais une fille, elle aurait votre âge, mais je ne l'aurais pas appelée Mercredi. » Je réponds « moi non plus », et je ferme la porte doucement derrière moi.

Mercredi 29 janvier

Le ver laboure la terre qui fait pousser le maïs qui nourrit la poule qui nourrit le renard qui donne la fourrure que le pauvre utilise pour faire le manteau du riche. Personne ne mange le riche. Personne ne mangera jamais Féléor Barthélémy Rü.

Lundi 17 février

Depuis le samedi 18, j'accompagne Émilie à sept reprises dans ses appartements. La sixième fois, elle me prend par la main, me demande de tourner devant elle et je le fais. Je ne sais pas pourquoi, mais je le fais. Je porte une robe bleue qui ne me tient pas sur le corps. Avant qu'elle m'observe, la robe ne me gêne pas. Après, je me sens ridicule dans mes vêtements usés. Trois jours plus tard, cheveux coiffés, madame Rü m'amène en ville et, pour la première fois, j'entre dans le rayon « lingerie » d'un magasin de nouveautés. La vendeuse porte une robe de soie et des gants blancs. Elle connaît madame

Rü. Ensemble, elles me mesurent, me font enfiler guêpières et jupons, bas à jarretelles de satin et chemises brodées. On envoie un commis jusqu'aux confections, il en rapporte deux robes de mousseline qu'on enfile par-dessus la lingerie, pour en mesurer l'effet. Madame Rü m'offre trois culottes, trois chemises, deux jupons et un corset décoré de dentelle praline. Elle ajoute les deux robes, un ruban de soie rose, des gants de chevreau, des bottines neuves, un manteau long.

Je rentre à la Pourvoirie les doigts fermés sur la poignée des sacs comme si j'y transportais ma vie, mais, une fois dans ma chambre, avec tous ces vêtements précieux sur le corps, je me trouve grotesque. J'enlève la robe, je fais comme madame Rü, je me décoiffe et fixe mon reflet dans la fenêtre – la bouche et les lèvres, les dents, la mâchoire, le nez, les sourcils, les yeux. Quand j'ai récupéré l'ensemble de mon visage, je remets ma vieille robe bleue, mais je conserve la lingerie luxueuse dessous. Dans la fenêtre, je suis redevenue Mercredi. Sous ma robe, je suis une femme du monde, comme Émilie et comme l'était Mère aussi.

Lundi 24 février

Il n'y a jamais de sang sur le plancher de la boucherie. Quand les bêtes arrivent, même l'hiver, les fils de l'étalier les saignent dehors pour éviter de souiller l'échoppe. Je m'introduis parfois dans la cour intérieure, à l'heure des exécutions. Des agneaux, des veaux ou des porcs grouillent entre nos jambes, un garçon attrape une bête par le cou, l'immobilise entre ses bras et tire sa tête vers l'arrière, l'autre enfonce la lame dans la chair comme si c'était du beurre. L'animal se tortille encore quand ils le suspendent par une de ses pattes arrière ; le sang coule sur la neige et tache le pelage, mais c'est sans importance, il disparaîtra une fois le cuir traité.

À deux reprises, Féléor se joint à nous. Une première fois à la fin de janvier et à nouveau aujourd'hui. Quand il vient, il entre par la ruelle, comme je le fais. Il porte un trois-pièces de lainage, un paletot brun, des gants de chevreau, un foulard assorti. Il se tient droit, n'approche pas les bêtes et évite le sang qui coule lorsqu'elles sont suspendues. Il enlève ses gants en silence, les glisse dans la poche de son manteau : la mise à mort des animaux ne l'intéresse pas, il est là pour la viande et le spectacle l'indiffère. Lors des exécutions, les bêtes sont bruyantes et il faut crier pour arriver à s'entendre. Le plus souvent, nous ne disons rien, mais quand je le sens qui arrive, je me mets à parler très fort avec les bouchers. À lui, je n'adresse pas la parole, pas plus que je ne le regarde ; je fais comme s'il n'existait pas, pourtant je sens sa présence partout dans la cour, et mon corps s'échauffe de le savoir derrière moi.

Pour parer la viande, il faut couper les pattes arrière et retirer les viscères, les abats blancs, les abats rouges. Féléor patiente sans bouger, ce garçon pourrait être une statue. Je sais qu'il me regarde, je m'imagine à travers ses yeux : robe souillée, sang dans les cheveux, debout dans la neige, sans manteau ni chapeau, à travers les garçons et les bêtes. Je sais qu'il me regarde et je me sens vivante, les éclaboussures de sang me dessinent des taches de rousseur, le soleil se couche et me frappe en pleine figure, je suis belle, il le voit.

Lorsque les bêtes sont mortes et parées, les garçons entrent dans la boutique et en ressortent avec quelques tranches minces des meilleures pièces d'un cerf, chassé la semaine précédente. Féléor ouvre sa sacoche de cuir, paie plus de pièces qu'il n'en faut, et range au fond du sac la chair emballée dans une feuille de papier huilé. Il repart, aussi soigné qu'il l'était en arrivant. Moi, je suis crottée, sauvage, mais plus belle que s'il n'avait pas été là.

La dernière chose que je vois de lui, c'est le poignet de son veston et sa main impeccable. Il a des mains comme ça, elles ne peuvent pas être sales, alors que moi, le sang me colle à la peau.

Mercredi 19 mars

Une histoire que je m'invente quand je suis enfant me revient en tête aujourd'hui. Je suis dans une forêt, poursuivie par des loups. Je fuis, ma jambe se coince entre des racines, je m'écorche la cheville, ma robe se déchire sur les épines des ronces. J'entends, tout près, les aboiements des loups, et je sens la chaleur de leur gueule grande ouverte sur leurs crocs. Je cours, cours, je tombe parfois, mais je me relève. À travers les sapins, plus haut dans la montagne, je distingue une lueur jaune et je me dirige vers cette lumière. J'arrive aux portes d'un château immense, les grilles sont hautes comme trois hommes, elles s'ouvrent par magie et se referment sur la gueule des loups qui grognent derrière moi. Quand je me retourne, ils ont disparu. J'avance, il fait noir et il neige, je ne ressens pas le froid. Les portes du château, aussi hautes que les grilles, s'ouvrent à mon approche. Je pénètre dans le hall, personne ne vient à ma rencontre, mais il y a de la lumière et de grands bruits dans une pièce que j'atteins après ce qui me semble être des heures de marche. Trois ogres, assis côte à côte, ripaillent et, lorsqu'ils me voient, ils m'accueillent avec appétit. Je sais qu'ils veulent me manger. Ils me fascinent mais ne m'effraient pas. Je leur demande : « Si je mange autant que vous trois, est-ce que j'aurai la vie sauve ? » Ils se consultent et acquiescent en grognant, je m'assois devant eux et je commence à engloutir les plats, innombrables, qui défilent sous mes yeux. Cela peut durer toute la nuit, je ne sais pas, je m'endors en m'inventant l'histoire et je me réveille le lendemain matin sans arriver à avaler quoi que ce soit. Pendant un mois, tous les soirs, j'imagine les plats de chair fraîche que je mange et je m'endors avec cette histoire, d'abord les loups puis le repas qui ne s'achève jamais. Ce n'est pas un cauchemar, c'est une histoire que je me raconte en étant bien réveillée. C'est une histoire que je choisis, que je veux et que j'aime. Plus tard, je lis un livre sur les sorcières, et alors j'invente autre chose.

Lundi 14 avril

Le printemps a le même effet sur l'homme qu'il a sur tous les animaux. C'est ce que j'explique à Féléor après l'avoir embrassé. « Père enseigne que c'est l'instinct, pour la survie de l'espèce. » Au début, ses dents cognent les miennes, puis nous mesurons mieux nos distances. Ses lèvres sont rêches, gercées, il a la peau irrégulière et sa barbe molle me chatouille le menton. J'aime la différence entre ses lèvres rudes et les miennes qui sont douces et pleines.

Il ne fait pas soleil, il ne pleut pas, il vente un peu mais à peine, c'est la journée la plus banale de l'année.

Jeudi 17 avril

Émilie me nomme dame de compagnie. Cela se produit une fois que je mange en l'imitant des framboises conservées dans le sucre. « Il ne faut pas croquer les framboises, mais les écraser avec la langue contre le palais. » Nous avons les cheveux défaits sur nos épaules, son corset est rouge, le mien brun pâle, nous sommes assises, à moitié nues, devant la fenêtre où je joue les grandes dames malgré mes doigts poisseux de fruits. Elle dit : « Votre présence m'est agréable. Vous m'embellissez. » Je ne réponds rien. Par la fenêtre, j'observe Féléor qui s'exerce à l'escrime avec son frère aîné. Le sol est glissant de boue froide, les garçons sont sales mais ils sont beaux. Parfois, ils s'échangent des pierres blanches. C'est un jeu que tous les mâles pratiquent au domaine, les domestiques s'y prêtent volontiers ; ils utilisent des branches en guise de fleurets. Chaque participant commence le jeu avec dix galets et, lorsqu'il est touché, le perdant en remet un à son adversaire. Le jeu s'arrête quand un des participants n'a plus de roches du tout. Madame Rü parle de robes et de soirées mondaines ; je regarde Féléor accumuler les galets, puis je le revois en imagination déguster les fines tranches d'agneau et de canard cru. Je revois ses lèvres, surtout, et l'élégance silencieuse de sa mastication. Il s'escrime de la même manière, avec une détermination tranquille. Il embrasse aussi de cette façon-là.

À bout de cailloux, son frère, par terre, perd la partie.

Lundi 19 mai

La première fois que je copule avec Féléor, je ne le fais pas pour avoir des enfants. C'est la seule chose que je lui dis. « Ne me fais pas d'enfant. » Il rit et dit qu'il n'y peut rien. Je lui explique comment oui, il peut.

C'est un beau garçon. Sa peau est très blanche et ses cheveux sont très noirs. Il a des cernes foncés sous les yeux et des prunelles grises qui lui donnent l'air ténébreux d'un poète de la Cité. Même s'il a le teint pâle et le regard fatigué, la force concentrée dans ses muscles l'empêche d'avoir un air maladif. La précision de ses gestes me fascine : même si je suis la première femme qu'il prend, il le fait avec une adresse étonnante.

Phénomène singulier : plus nos corps s'échauffent, plus sa peau prend l'odeur de la mienne. Je ne savais pas que ça pouvait arriver : son corps me renvoie mon propre parfum. Plus je me sens sur lui, plus j'aime me rouler dans ses bras.

Samedi 31 mai

Il fait noir, il doit être tard dans la nuit. Je marche pieds nus et les herbes froides me piquent les chevilles. Je porte une culotte longue et mon plus beau corset, une chemise de nuit attachée à la taille par ce ruban rose que madame Rü m'a offert. Les lucioles et les hétérocères s'agitent autour de ma lanterne, parfois je sens les coquilles des escargots s'écraser sous mes pieds dans un craquement répugnant.

Je rejoins Féléor dans une clairière où il m'attend. Lorsque nous sommes ensemble, nous ne parlons jamais beaucoup. Je le regarde, il me déshabille, puis il se déshabille. Sa peau est pleine d'un duvet sombre, mes poils à moi sont clairs, mais plus drus.

C'est un soir curieux, j'ai des envies sauvages d'animal. Je demande à Féléor d'attacher mes mains avec le ruban. Il le fait. J'ai les bras pendus dans les airs et attachés à une branche. Je suis prisonnière d'un arbre, l'écorce irrite ma peau, mon geôlier me chatouille et je ne résiste pas, je ris, je suis tordue de rire à en avoir mal. Il me prend et je ris encore. Je lui dis : « J'aime quand tu le fais de cette manière-là. » Il sourit. Il me détache. Je dis : « Je vais te montrer quelque chose. » Dans un bocal de verre, j'attrape des lucioles. Je cours de tous les côtés, j'en capture une dizaine très vite. C'est une tâche que j'ai l'habitude de remplir pour Père. Quand elles sont nombreuses à se cogner contre la vitre du pot, j'en sors une que j'écrase entre mes doigts. Le liquide qui les fait s'illuminer coule sur mes ongles, et ce sont eux, alors, qui brillent dans le noir. J'en mets sur tous mes doigts, puis je lui propose de le faire aussi, mais il a toujours les mains propres et il n'aime pas la saleté des bestioles sur lui. Il l'aime sur moi, je sais que ça l'excite que je sois sale et lui tout net, je joue avec mes doigts en les faisant battre comme un papillon, il me regarde faire, il me trouve belle, c'est certain, je le vois dans ses yeux, il me trouve belle et je crois qu'il m'aime.

Dimanche 15 juin

Père tombe sur ce journal et il devient fou. Il l'apporte à madame Rü, qui me convoque et parle sans colère de déception dans des mots où se mêlent « scandale », « obscène », « couvent » et « honneur ».

J'entends à peine ce qu'ils disent. Je pense aux morsures de Féléor sur mon corps, je suis absorbée par les délices de la nuit précédente, je repense à ses dents en train de croquer ma peau et, même si personne ne les voit, je me sens belle avec ses marques sur mon ventre.

Mardi 17 juin

Il y a dans la perspective de finir mes jours cloîtrée quelque chose de physiquement inconcevable. Je mourrai sans Féléor, sans son corps et sans le sexe avec lui. Puisque, loin de ses bras, je suis vouée à agoniser, je décide de lui demander de me tuer. En jouissant. C'est une fin plus grisante, plus enviable, plus « sensible » que de mourir d'inanition. Il me regarde, l'air perplexe, mais je défends si bien le projet qu'il finit par accepter. Je lui donne des instructions exactes : qu'il prenne sa cravate et l'attache autour de mon cou, qu'il me fasse l'amour comme il veut, qu'il tire la cravate pour m'étrangler et qu'il ne la relâche qu'une fois mon corps étendu sans vie à ses pieds. Il répond « demain ».

*

Je me souviens que, petite fille, je lis le Marquis en cachette de Mère. Le divan est de velours bleu à motifs cyan, je lis les livres sans gêne, je me sens grisée par ce qui y est dit ; l'idée, surtout, que l'on s'y fait de la pendaison me fascine. Je comprends ce qui est écrit, ça ne choque pas mes idées du corps, et je comprends de quelle manière l'affluence du sang vers le sexe, quand la gorge est serrée, peut contribuer à la jouissance. Lorsque Mère le découvre, elle me gronde. Je réponds que je n'ai pas peur de mourir. Cela n'a aucun sens, mais c'est ce que je réponds. C'est encore la même chose aujourd'hui. Je n'ai pas peur de mourir.

Mercredi 18 juin

Je mourrai un mercredi, c'est à propos, mais ce n'était pas calculé. Adieu, Féléor Barthélémy Rü. Adieu.

À propos de Mercredi

Un jour de juillet, je devais avoir quinze ans, je descendis à la ville avec mon père pour rencontrer un épicier qui souhaitait investir dans la compagnie familiale. Nous financions alors la construction d'un très vaste réseau ferroviaire qui alléchait nombre de petits bourgeois espérant que la bonne fortune des Rü allait rejaillir sur eux. C'était une journée brûlante, un vent sec de canicule soulevait les robes des femmes, les hommes allaient en chemise, mon père et moi cherchions l'ombre en marchant le long de la rue principale. Arrêté devant les glacières du boucher, je remarquai Mercredi Fugère qui descendait l'allée, l'air provocant dans sa robe de taffetas bleu, portant aux pieds des sabots qui claquaient bruyamment sur le sol et laissaient voir ses chevilles tannées par l'été. Elle marchait vivement, son lourd sac rebondissant sur sa hanche au rythme de ses pas. Quand elle arriva à l'étal du tabatier, elle salua le jeune apprenti, lui sourit, dit quelque chose en s'inclinant un peu, j'imaginai qu'elle lui laissait voir ses seins. Le garçon vérifia derrière que son patron n'y était pas, sortit une cigarette de sous le comptoir et la lui remit en rougissant. Elle se redressa et ajusta son corsage, puis, avec une moue de grande dame, elle piqua la cigarette au bout d'un porte-cigare. Comme elle se penchait pour ramasser le briquet qu'elle avait laissé tomber dans la rue, un fiacre, qui arrivait en faisant grand bruit, prit un tournant trop rapide. Le cocher tira les rênes pour tenter de calmer ses bêtes, le premier cheval se cabra tandis que le second continuait sa cavalcade, il y eut un vacarme de hennissements et de cris, auquel se mêlèrent des craquements sinistres et le bruit retentissant de la diligence qui tombait sur le côté, broyant sous son énorme carcasse le chien du boucher. Un silence épais s'écrasa sur la rue, la voiture disparut derrière un nuage de terre sèche, on ne vit plus rien, les promeneurs se regroupèrent et, avant même que la poussière ne soit retombée sur le sol, le quartier entier s'était rassemblé devant les commerces voisins.

Temporairement aveugle et sourd, comme tout le monde, j'étudiai le mélange d'effluves qui émanait de la terre sèche : l'odeur du métal chauffé par le soleil, les relents de tabac, de viande, la transpiration animale et l'urine des bêtes rendues incontinentes d'effroi, le sang – surtout le sang –, celui de la boucherie, celui de Mercredi, celui du cheval qui, après l'avoir piétinée elle, s'était étalé à son tour sous les sabots de la bête qui le suivait.

Le nuage de terre mit longtemps à se reposer sur le sol. La première chose que nous vîmes fut le cocher, titubant, ivre, qui confirma que le fiacre était vide. Il s'approcha de nous, il allait s'effondrer mais mon père le retint, et le pauvre diable se mit à vomir sur ses chaussures. Autour, la poussière avait fini de tomber, la foule restait immobile, fascinée par l'horreur du spectacle livré à elle. Les viscères du plus petit des deux chevaux étaient étendus dans la rue, il avait été éventré par le coupé de la diligence mais frémissait encore ; l'autre bête gisait sur lui, secouée de spasmes qui agitaient ses pattes dans tous les sens, l'arrière-train transpercé de part en part par un morceau de carrosserie qui s'était détaché dans l'accident. Mercredi suffoquait, écrasée sous le poids des deux bêtes, sa mâchoire défoncée par les sabots d'un des chevaux, ses cheveux poissés d'un sang noir, épais comme de la mélasse, qui commençait déjà à coaguler. Le reste de son corps disparaissait sous les carcasses animales, il ne dépassait à l'autre extrémité qu'un petit pied bleu, nu. Plus tard, mon frère aîné trouva le sabot perdu et le rapporta à la maison, il était tombé plusieurs mètres en arrière et gisait dans les branches basses d'un pommier.

Le boucher fut le premier à réagir. Il entra dans son échoppe et en ressortit un coutelas à la main, puis, après avoir consulté mon père, il s'approcha des chevaux et les égorgea tous les deux. Leurs râles angoissants cessèrent, une marée de sang brunâtre aspergea Mercredi, se répandit sur le sol et coula dans les caniveaux. Quelques hommes se ressaisirent et tentèrent de soulever le premier cheval, mais il était si bien empalé qu'il fallut que le ferblantier découpe la diligence pour qu'ils parviennent à déplacer la bête. Mon père forçait comme les autres, Mercredi respirait avec peine, je restais devant elle, hypnotisé, sans comprendre pourquoi la compassion dont le boucher avait fait preuve à l'endroit des bêtes ne s'étendait pas à elle, et pourquoi diable on ne l'égorgeait pas comme les chevaux. Je m'agenouillai près de son visage écharpé, silencieux, captivé par sa bouche à moitié déchiquetée où l'on voyait les chairs, puis, sans penser à plus, je posai mes lèvres contre ce qui restait des siennes et l'embrassai longuement. Je goûtai son sang, je sentis la chaleur fiévreuse de son souffle, elle se mit à tousser violemment, crachant des caillots rouges et des petits os blanchâtres que je pris pour des dents, puis il me semble bien que je m'évanouis à son côté.

Je ne connaissais pas Mercredi. Je connaissais son journal, que je lisais «en cachette» – c'est-à-dire qu'elle l'écrivait pour moi en prétendant le contraire, et je le lisais en feignant d'ignorer qu'il m'était destiné. Avant d'embrasser la vraie Mercredi Fugère, je ne lui avais jamais adressé la parole. Je l'avais épiée souvent, je connaissais certains de ses gestes par cœur – celui d'ajuster son corsage en attrapant son sein par le côté pour le ramener en avant ou celui de replacer ses cheveux dans un mouvement conjugué de la main et de la tête –, mais les rares fois où je l'avais croisée, je n'avais pas osé lui parler. Son assurance libertine m'intimidait, je pensais que sa vie ressemblait au contenu de son journal : sensuelle, grisante. Les pages de ce carnet étaient bourrées de mensonges – elle était la fille de notre précepteur, certes, mais certainement pas la dame de compagnie de ma mère ; sa lingerie de luxe, elle la volait dans les bacs de vêtements à donner, et jamais son père n'aurait eu l'idée de la placer dans un couvent : elle serait partie sans un au revoir –, mais je pensai que l'âme derrière le texte était vraie. Je m'étais épris de la manière naturelle qu'elle avait d'écrire ses désirs et j'aimais le personnage qu'elle m'avait construit. Je n'étais encore qu'un enfant, assez peu dégourdi, mais à travers ses mots, j'apparaissais adroit et supérieur : j'eus envie d'être cet homme qu'elle avait imaginé. Elle posait sur moi un regard de femme comme aucune ne le faisait encore, j'adorais sa façon de me raconter en ogre raffiné : je mangeais de la viande crue, c'est vrai, mais pas mieux que mes frères ne mangeaient leur caille, et je n'avais pas cette prestance ténébreuse qu'elle m'avait inventée.

Elle mit trois semaines à mourir et pendant trois semaines je restai enfermé dans ma chambre parce qu'elle hurlait de douleur et que je ne supportais pas ses cris. Je remplis mes oreilles de coton et me plongeai dans la lecture en boucle de son journal, tentant par tous les moyens d'oublier qu'une véritable personne se mourait quelque part dans la maison. Je lus et relus les pages où j'attachais Mercredi dans le jardin. Un soir, je sortis à la pénombre et tentai d'attraper des lucioles pour voir si mes ongles brilleraient vraiment dans le noir lorsque j'écraserais les insectes sur mes doigts. Je fis monter tout un équipement d'escrime dans mes appartements et m'entraînai pendant des jours pour ne plus jamais perdre de combat. J'exigeai un grand miroir devant lequel m'asseoir pour manger, et je m'exerçai à mastiquer la viande élégamment. Puis je me plongeai dans la lecture de ce Marquis dont elle parlait. Et quand, un matin de la mi-août, tout fut enfin fini pour elle, je songeai que la vraie Mercredi aurait cent fois préféré la mort de la Mercredi de papier à sa véritable agonie.

Constance Bloom

Extrême pâleur des yeux, des cheveux, des cils, des sourcils, de la peau. Les lèvres sont blêmes, les dents sont blanches, les perles également. Décolleté désinvolte qui attire le regard sur une poitrine pleine et invitante, sarrau d'homme blanc par-dessus une robe qui s'attache devant (série de boutons minuscules impossibles à défaire sans tout arracher).

La croupe ronde s'ouvre sur un sexe au parfum rendu sucré par une alimentation presque exclusivement frugivore ; le reste de la peau conserve une forte odeur végétale d'herbes et de feuilles.

Prunus dulcis traucum

Mon Général,

C'est depuis que je me suis remariée que je réalise combien vous étiez bon amant et combien vous saviez me faire frémir en quelques gestes à peine. Il semble que Féléor soit encore trop jeune pour prendre une femme convenablement. Quand un de ses gestes m'émeut, c'est tellement inattendu que j'en reste sans voix, ou alors je le félicite à n'en plus finir. Vous me trouveriez ridicule, à le gâter ensuite comme on récompense une otarie qui passe dans un cerceau. J'ai parfois l'impression d'être sa mère. Il me traite avec une déférence froide et inquiète, comme s'il craignait que je le punisse de me toucher. Je vous ai écrit, n'est-ce pas, qu'il est de douze ans mon cadet ? Chaque jour, il me rappelle sans le vouloir que je n'ai plus son âge. C'est curieux de se sentir vieille. Il me semble que, dans vos yeux, trente-cinq ans auraient encore été la prime jeunesse. Avec vous j'étais l'enfant, ici je suis la femme, et mon petit Rü, un garçon qui a tout à apprendre. Comme c'était facile, quand j'étais dans vos bras ! Il suffisait que je me laisse diriger, vous étiez militaire jusque dans vos plaisirs, rigoureux, efficace. Avec Féléor, je dois tout expliquer, autrement il fait les gestes de travers ou, pire, il ne fait rien du tout. J'aurais aimé qu'une autre, avant moi, se charge de son instruction.

Faute de mieux, je poursuis avec lui les expérimentations phytologiques que nous avions entreprises vous et moi. J'apprête les mixtures à partir des plantes que nous avions récoltées autrefois, je note en détail les effets de leur consommation, j'observe les réactions de mon corps et la fluctuation de mes désirs, puis je rassemble le tout dans le traité de botanique érotique que nous avions commencé ensemble. Je le rédige méthodiquement, en suivant chacune des étapes que vous m'avez enseignées. Afin d'obtenir des résultats rigoureusement scientifiques, je rédige chaque fois pour Féléor une liste de gestes à poser lorsque je suis droguée. Il la suit avec une rigueur d'écolier, à la lettre, sans innover. Un piètre amant, vous dis-je, et qui ne progresse qu'à pas de tortue. Après l'acte, lorsque je suis remise des effets de la toxine, il me fait un rapport détaillé de nos ébats, énumérant mes réactions et les siennes avec un sérieux grotesque qui vous ferait pleurer de rire.

*

Je prends aujourd'hui le temps de vous écrire, avant de noter les habituelles informations dans le traité de botanique, parce que le *Prunus dulcis traucum* me rappelle notre mariage. C'est là l'une des actions de cette drogue : l'infusion des bourgeons, mélangée à une forte dose d'alcool, a pour effet d'accroître singulièrement l'état nostalgique propre à l'ivresse. Vous me manquez, je repense aux montagnes d'Indochine où nous nous sommes rencontrés, je revois la gare de Sinàngein et les amandiers en fleurs dont les pétales tombaient sur votre tête et sur vos armes. Combien d'années de bonheur, avant cette balle perdue au milieu de la bataille ? Vous êtes mort depuis trop longtemps maintenant, je ne me souviens plus ni du jour ni de l'heure, je ne me souviens que du brouillard lumineux sur les rizières entourant la forteresse. Le même brouillard flottait le jour de notre mariage.

Je me tais maintenant, je suis triste, je voudrais m'endormir dans vos bras et non dans ceux de mon petit mari ; ses bras de garçon n'ont consolé aucun chagrin. Si je pleure, il se dira que ce sont les derniers effets du poison. Il aura raison.

Bonne nuit, mon aimé, mon amour. Venez me visiter en rêve.

Vôtre,
Constance

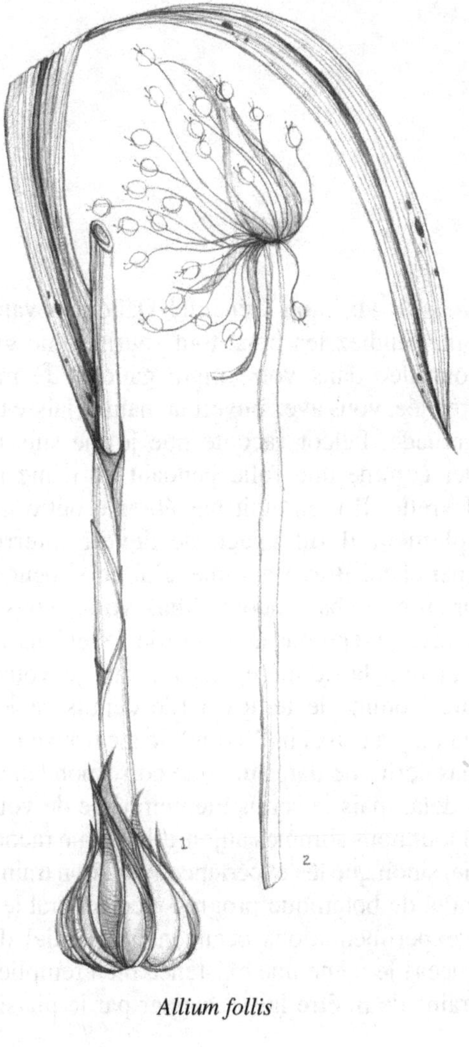

Allium follis

Je vous ai vu, mon Général ! Debout devant moi, qui me tendiez les bras, tout sourire, une grenade dégoupillée dans votre main gauche. Je me suis approchée, vous avez ouvert la main et laissé tomber la grenade. Féléor raconte que je me suis mise à hurler comme une folle pendant qu'il me prenait en levrette. Il n'en était pas ébranlé outre mesure, simplement il fut agacé de devoir interrompre l'expérience. Brave homme. J'ai eu si peur que le cœur m'en débat encore. Mais voilà, vous écrire m'apaise, je reprends mon souffle, je reviens à la vie.

J'ai relu la dernière missive que je vous avais écrite. Comme le temps a filé depuis ce jour-là ! C'était il y a deux ans ? Trois ? Je me trouve idiote de ne pas écrire de date sur cette correspondance avec l'au-delà, mais je serais bien embêtée de vous dire quel jour nous sommes aujourd'hui. Que raconter de la vie, sinon que les expériences vont bon train et que le traité de botanique progresse considérablement ? Les expérimentations occupent l'essentiel de mes journées ; je mène une existence bien remplie, mais je crains de m'être laissé happer par le plaisir : j'ai désobéi à la grande loi que vous aviez inventée, et je me suis mise à consommer certaines substances de manière plus fréquente. Vous aviez raison, c'était stupide et j'ai peur d'avoir développé une forme de dépendance à quelques-unes des toxines que j'étudie. J'ai de la chance, Féléor est un bon mari, il comprend mes addictions. En fait, je crois qu'il y trouve son compte. Lorsque je suis sous l'influence de l'une ou l'autre de mes drogues, je suis plus vulnérable, plus sensible à ses attaques. C'est un état qui l'excite et ne me laisse pas indifférente non plus. Je suis fière, j'ai réussi à bien éduquer ce garçon. Il est devenu homme, dans toute la force du mot, et se plaît à improviser quelques expériences de son cru. Il aime dominer, et y excelle – le dirais-je ? – plus que vous. Quel progrès !

Ce que je préfère, quand il me prend et que je suis intoxiquée, ce sont les sentiments contradictoires d'être à la fois contenue et propulsée à l'extérieur de moi. Dans ces moments-là, mon corps lui appartient entièrement et, sous la brutalité de ses assauts, mon esprit rationnel se retire, l'instinct l'emporte sur lui. Je jouis alors d'être maîtrisée et de me débattre en sachant que je ne gagnerai pas ; le plaisir est précisément celui de perdre et de sortir éreintée de l'exercice. La jouissance qui survient alors est psychologique, c'est celle de la libération absolue grâce à l'épuisement du corps. Quand l'effet des mixtures s'estompe, il ne reste plus que la très grande fatigue née du plaisir d'avoir été vaincue.

*

Quel effroi vous m'avez fait, mon Général ! J'imagine que les cauchemars et les apparitions font partie des effets indésirables de l'ail des fous. C'est sur cette plante que je travaille ces jours-ci, elle se consomme par fumigation et ses effets semblent intensifiés pour cette raison. Heureusement, je ne risque pas de développer de dépendance à cette drogue-là : depuis que je fume les cigarettes d'ail fabriquées dans mon laboratoire, Féléor ne cesse de se plaindre de leur horrible puanteur. Ce sont les besoins de la science, n'est-ce pas ? C'est ce que je lui répète en tout cas, mais il m'a interdit d'en fumer dans la chambre.

Je savais que vous écrire m'apaiserait. Voilà trop longtemps que je ne l'avais pas fait. Je vous laisse, maintenant, et retourne à mon infatigable époux, mais je me permets une demande, tout de même, avant de mettre un point final à cette lettre. Je vous en prie, ne me faites plus de visite armée. Je préfère garder de vous l'image romantique que j'avais autrefois. Vu l'état de fatigue dans lequel me plongent mes expérimentations actuelles, j'ai besoin de quelques repères calmes et heureux dans la chronologie de ma vie.

Sans rancune.

Vôtre,
Constance

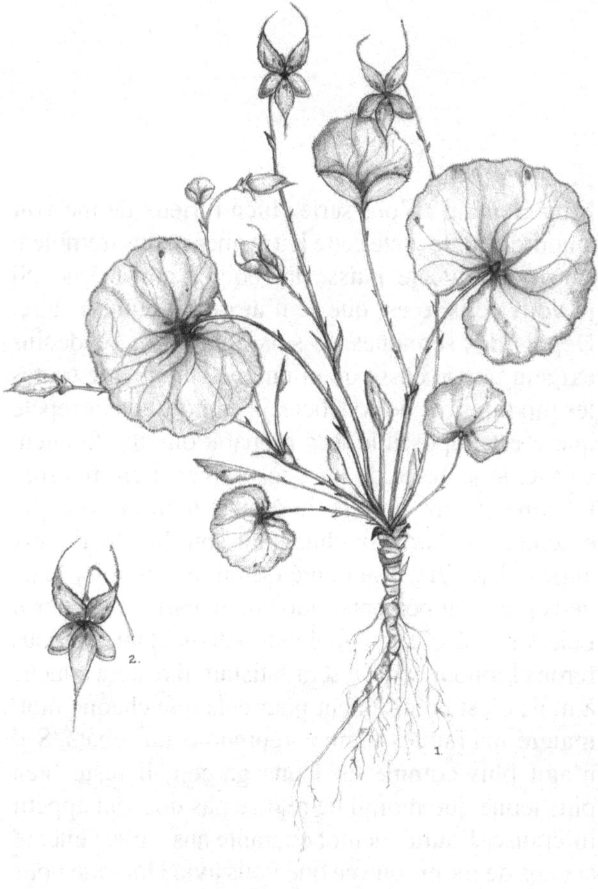

Viola spina letalis

Mon Général ? Vous seriez bien furieux de me voir aujourd'hui. Je dicte cette lettre, mes mains tremblent trop pour que je puisse la rédiger moi-même. Si je vous écris, c'est que je n'ai rien d'autre à faire. Depuis des semaines, je suis alitée. Les médecins exigent que je cesse de m'empoisonner avec toutes les mixtures que je concocte, je leur dis et leur répète que c'est impossible, ces préparations me tiennent en vie, si je cesse de les consommer, j'en mourrai. Comme je leur hurlais de quitter mon chevet, j'ai entendu un charlatan chuchoter son diagnostic aux autres : hystérie. J'ai exigé qu'on les renvoie, je ne veux plus voir personne sinon mon mari et ma bonne. Féléor m'a écoutée, il m'écoute encore, tant que nous ferons l'amour et qu'il sera satisfait, il restera attaché à moi ; c'est précisément pour cela que chaque nuit, malgré ma faiblesse, nous reprenons nos ébats. S'il n'agit plus comme un jeune garçon, il reste bien plus jeune que moi, il ne réalise pas que son appétit m'épuise. J'aurai bientôt quarante ans – c'est encore six ans de moins que ce que vous aviez lorsque nous nous sommes rencontrés –, quarante ans… c'est une pensée qui m'afflige, je voudrais, par-dessus tout, avoir la jeunesse de mon mari, sa santé, sa beauté. Car à vous je peux bien le dire : ces drogues que je consomme, certaines depuis maintenant quatre ans, ont tout gâché de moi. Je me trouve laide, cernée, j'ai perdu des cheveux, je suis devenue une loque vivante déformée par les poisons.

*

Je suis déjà épuisée : dicter cette lettre gruge mes derniers élans d'énergie, j'ai le cœur qui palpite et le souffle court. Depuis que je m'injecte des doses de *Viola spina letalis*, mon état se dégrade à vue d'œil. Je tiens malgré tout à utiliser les deux dernières seringues : le processus de macération des tiges et des fleurs demande trop de temps pour permettre le moindre gaspillage, d'autant que les deux doses restantes sont celles où les toxines sont les plus concentrées. Vous n'imaginez pas, mon Général, combien ces injections engendrent des orgasmes fulgurants. Il semble que j'aie enfin découvert la substance que nous cherchions autrefois. Certes, ses effets secondaires sont innombrables, mais elle gorge le sexe de sang et excite toutes les zones érogènes du corps. Quand Féléor me fait jouir et que je suis sous l'influence de cette substance, je tombe en cataplexie, comme si ni mon esprit ni mon corps ne pouvaient tenir devant ce débordement de plaisir.

J'ai depuis longtemps dépassé les expérimentations banales que nous exécutions vous et moi, vous ne me manquez plus, je ne pense à vous que dans ce lit qui me rappelle vos dernières heures et votre courte agonie.

Vous étiez laid en mourant, je ne serai guère mieux.

Vôtre,
Constance

À propos de Constance

La première fois que j'osai désobéir à Constance, elle était étendue sur le bureau du cabinet, sa peau moite collait au meuble, elle tremblait un peu, mais restait allongée, jambes écartées, pieds à plat sur la table, comme lors d'une consultation médicale. Elle m'avait remis la veille un feuillet d'instructions dans lequel elle explicitait longuement toutes les étapes de l'examen du jour ; aussi, je devais continuellement interrompre mes attouchements pour tenter de déchiffrer ses instructions, ce qui rendait la précision de l'opération douteuse. Le cabinet était plongé dans la noirceur et cela m'empêchait de décrypter l'écriture du feuillet. Il était quinze heures, le soleil luisait dehors, mais les carreaux étaient couverts par des rideaux de velours gris, une exigence qui faisait partie des contraintes « scientifiques » imposées par Constance : toutes les expérimentations devaient avoir lieu dans un cadre donné, méticuleusement contrôlé, où l'obscurité jouait apparemment un rôle fondamental.

Une indication particulièrement illisible me fit monter le sang, et, comme Constance semblait absente, ne réagissant à aucune des stimulations prescrites, je me décidai à entrouvrir un des rideaux pour tenter de décoder ses instructions. Je m'approchai d'une fenêtre et tirai la tenture de quelques centimètres. Un faisceau de lumière pénétra dans la pièce et j'en fus d'abord aveuglé ; cependant, une fois mes yeux habitués au soleil, je m'empressai de déchiffrer le feuillet. Quand je relevai la tête, je découvris que la raie de lumière éclairait Constance et traçait une ligne droite, impeccable, qui divisait son corps en deux, du sexe jusqu'au front. Je posai le carnet et m'approchai : pour la première fois en dix mois de mariage, j'entrevoyais le corps nu de ma femme. Le soleil frappait une partie de sa toison et je fus ému de la découvrir d'un blond différent du blond de sa chevelure, plus riche : une combinaison de poils très roux et d'autres presque blancs. Son nombril, creusé comme un bassin, était bordé, au côté gauche, d'une longue ride qui troublait le grain lisse de sa peau. Je remarquai que ses chairs rondes étaient blanches comme de la crème ; sur sa poitrine, ses veines traçaient de fins canaux d'un bleu translucide. J'eus envie d'embrasser ses seins, mais la pudeur me retint. Je regardai le visage de Constance, ses yeux mi-clos, absents, et, voyant que la lumière ne la ranimait pas, je laissai la tenture entrouverte, récupérai le carnet et me remis à l'examen.

Quelques semaines plus tard, j'avais pris l'habitude d'ouvrir grands les rideaux sitôt Constance intoxiquée. Les drogues qu'elle consommait la rendaient parfois surexcitée, d'autres fois amorphe ou dépressive, mais je réalisai que, dans tous les cas, elle ne prêtait plus attention au cadre environnant une fois la mixture ingérée. En plus de faciliter l'auscultation, la lumière me rendait la tâche plus agréable : je pouvais admirer les formes de ma femme et voir la pigmentation de sa peau se transformer selon que je procédais à tel ou tel attouchement, ce qui, pendant un temps, me réconcilia avec ces exercices fastidieux.

J'en étais rendu, un jour, aux « stimulations linguales » que je devais prodiguer aux lèvres entrouvertes de son sexe. Je m'appliquais à exécuter ces touchers le plus précisément possible, ne reprenant mon souffle qu'aux moments où je consultais les instructions, mais en dépit de mes efforts, je ne semblais pas émouvoir Constance outre mesure. Je ne remarquai aucune accélération de son rythme respiratoire ou de sa fréquence cardiaque, pas de dilatation majeure de ses pupilles ni de production abondante de cyprine. « Le sujet ne bronchait pas », ce que j'allais noter benoîtement, comme d'habitude, dans un carnet d'observations.

J'étais contrarié cet après-midi-là parce que les procédures de passation du pouvoir, dans la compagnie ferroviaire de mon père, ne se déroulaient pas comme je l'aurais souhaité. Je devais prendre le relais de la présidence dans les semaines à venir, mais deux avocats opportunistes s'amusaient à multiplier les procédures, prétextant tel ou tel amendement pour m'empêcher d'accéder à la direction. Mon père et moi avions eu une violente altercation à ce propos le matin même, parce qu'il souhaitait jouer les stratèges et satisfaire tout le monde, alors que j'aurais simplement renvoyé les deux arrivistes. Cette transmission des titres de la compagnie, qui s'annonçait au départ comme un grand événement, était devenue sujet de discorde, ce qui me rendait irritable et peu disposé à jouer les apprentis botanistes.

Constance était donc là, couchée sur le bureau, particulièrement atone et ennuyeuse tandis que je m'échinais à embrasser sa vulve sèche sans obtenir la moindre réaction. J'allais noter son inertie quand l'envie me prit d'inventer une réponse plus enthousiaste au traitement. Je me doutais que Constance remarquerait le truquage en analysant mes observations, mais j'étais bourru et j'avais des envies de rébellion. J'imaginai donc un léger orgasme, accompagné d'une production de cyprine que je décrivis comme « fruitée, bien que singulièrement acidulée ». Le lendemain, Constance ne releva pas le fait que j'avais trafiqué les résultats de l'expérience, mais c'est avec un enthousiasme inhabituel qu'elle consomma une double dose de la même mixture. Elle tomba en syncope après quelques minutes, et sitôt que je pus confirmer son absence par quelques attouchements, j'inventai un orgasme spectaculaire, avec spasmes corporels et cris animaux, que je détaillai longuement. Le mensonge était si grossier que je pensai avoir poussé ma chance trop loin et me préparai à une scène de ménage, mais nullement. Au contraire, une fois sa lucidité retrouvée, Constance s'avéra spécialement joviale et détendue. Elle m'embrassa au souper, ce qui ne manqua pas d'étonner les domestiques, et proposa même, avec nombre de mamours grotesques, que nous procédions dès le soir à une nouvelle séance d'observations.

Après plusieurs altérations éhontées qui confirmèrent que je n'avais rien à craindre de Constance, que mes mensonges la rendaient au contraire gaie, aimante et agréable, je cessai de m'inquiéter du carnet d'observations. Je le rédigeais dès le début de l'examen, puis tentais de m'occuper pendant l'heure qui était quotidiennement allouée à nos rencontres. Je me trouvai d'abord mal à l'aise en présence de ce corps étendu sur le bureau, je voulais le toucher, mais n'osais pas. Puis, un jour que je me sentais entreprenant (la passation des pouvoirs venait d'avoir lieu et ma première décision avait été de renvoyer les deux diables qui avaient compliqué l'affaire), je me décidai à étudier sérieusement le fonctionnement de ma femme.

J'avais derrière moi des années de désirs violents, nés dans les carnets de Mercredi, mais Constance était une femme que je pouvais réellement posséder, pire encore, elle était la femme de mon ancien Général, et je ne savais pas comment m'y prendre pour la toucher sans suivre ses propres instructions. Je commençai donc par quelques explorations sommaires, tétant ses doigts et, plus tard, ses orteils, mordillant ses mamelons comme l'aurait fait un nouveau-né. J'étudiai les parfums de son corps, l'odeur de ses seins, de ses aisselles, de ses pieds.

Je connaissais déjà celle de son sexe pour y avoir prodigué un nombre incalculable de baisers inutiles, mais je n'avais jamais cherché à savoir si cette odeur me plaisait, si elle éveillait en moi quelque désir impétueux. Je découvris que les effluves liés à la transpiration (sous les bras, sous les seins, entre les orteils) me plaisaient davantage que l'odeur de la vulve. Plus tard, je me pris d'une fascination particulière pour ses chevilles, plutôt minces, qui supportaient seules le poids d'un corps plantureux et lourd. Je me mis à les chercher du regard dès que Constance entrait dans une pièce et je pouvais me plonger dans de longues rêveries rien qu'en regardant les deux petites tiges sur lesquelles elle reposait. Je tombai amoureux de mon épouse grâce à elles.

Cette nouvelle flamme m'enhardit, je me décidai à explorer la géographie génitale de ma femme. Ouvrant largement les grandes lèvres pour en découvrir les petites, je parcourus les reliefs de son sexe, d'abord avec ma langue et mes doigts, puis avec mon gland, que j'enfonçai en elle pour me soulager. Ce n'est pas que nous n'avions jamais eu de relations : elles faisaient partie de toutes les séances d'observations imposées par Constance ; seulement je n'avais jamais choisi de les avoir, et je découvris avec délice l'enivrante sensation de posséder ma femme pour mon propre plaisir.

Abigaëlle Fay

Bottines noires, bas de laine, manteau long de loden gris qui enserre des jupons de bisette. Les jambes sont deux branches perdues dans les tissus anciens ; il faut fouiller cinq ou six épaisseurs de lin et de coton pour trouver les pointes dressées des seins minuscules.

Une fois le manteau ouvert, les petites mains remontent les jupons un à un jusqu'à la taille, sans hâte. Les jambes sont légèrement écartées, pieds à largeur d'épaules. Le corps allongé, les genoux se plient pour que les talons touchent les fesses, les cuisses s'ouvrent entièrement, jusqu'à former un impeccable losange plat. Petit sexe velu offert avec la souplesse d'une gymnaste et la lenteur d'un jardinier.

21 mai

Je veux ouvrir ce journal avec un souvenir précis que j'ai de mon corps. Tout ce qui vient après dans ma vie commence avec ce souvenir-là. Il est vieux, il date du temps de mon arrivée à l'Académie de ballet. C'est enfant qu'on entrait à l'Académie, pour que le corps prenne tout de suite les postures de la danse. J'avais cinq ans quand ma tante m'a amenée au pensionnat. Au moment du souvenir de mon corps, celui que je veux raconter, je suis plus vieille, mais je ne sais plus quel âge je peux avoir. J'habite une pièce grise qui sent fort le lait et aussi les fesses d'enfants ; les religieuses l'appellent la chambre des moyennes pour la différencier de celle des petites et de celle des grandes. Il y a vingt-quatre couchettes collées sur les murs entre le corridor et la fenêtre, c'est tout un désordre de lits et de couvertures, des chaussons, des culottes sales, une chaise renversée. Les autres filles dorment. Ça se passe au début des cours de pointes : pendant le jour, on nous apprend à monter tout notre corps sur le bout de nos orteils.

Les autres filles se fatiguent vite, le soir elles veulent rien que dormir : une fois qu'elles ont soigné leurs pieds, elles se couchent en pleurant. Dans ce temps-là, dans la chambre, tout est calme. On entend juste la musique qui monte des studios où de vraies danseuses répètent. Rien d'autre.

Le souvenir que j'ai, c'est le reflet de mon corps dans la fenêtre du dortoir de l'Académie. La porte du couloir est ouverte et la lumière du passage entre dans la chambre, elle trace comme un corridor blanc qui sépare la pièce en deux et va frapper les carreaux. Je me tiens debout entre la fenêtre et la lumière, alors je me vois. La nuit, je me sers de la vitre de la même façon que j'utilise les miroirs des salles de répétition pendant la journée. Autour de moi, on dort. Certaines filles ont déjà commencé à rêver. Elles sont minces comme des branches, moi aussi : on dirait que personne ne nous nourrit. Les filles ont faim et elles ont mal, elles chignent dans leur sommeil et je les entends, elles sont comme ma musique de répétition. Des fois je me retourne pour les regarder et alors je les trouve belles dans leur chemise de nuit neuve. Je leur ressemble, je suis pareille qu'elles, mais ma chemise à moi c'est une des vieilles leurs, une qu'elles ne porteront plus parce qu'elle a un peu jauni ou bien parce qu'elle est tachée quelque part. Je ne sais pas si je les déteste ou si je les aime de me donner leurs vieilles choses. Il n'y a que mes chaussons qui sont neufs : les enfants reçoivent en cadeau leur première paire de pointes quand ils changent de classe. C'est offert par l'Académie. J'aime ces chaussons autant que mes mains, mes yeux, ou toutes les autres parties de mon corps sans lesquelles je ne peux pas vivre. Je les remplis de coton cardé, je les mets et je me force à rester sur les orteils le plus longtemps que je suis capable, en répétant les exercices qu'on fait avec les maîtres. En premier, je pleure de douleur, mais je ne descends pas. J'essaie de me concentrer sur l'autre corps, celui de la fenêtre, celui de l'enfant qui fait les mêmes exercices que moi sans avoir mal. Je la regarde, j'apprends par cœur son visage, ses traits, la minceur de ses bras et de ses jambes. Je connais sa manière de respirer, j'aime sa coiffure, sa façon d'étirer le cou. Tous les soirs je fais ça, une heure, deux heures. Au début, je monte ma nuisette autour de ma taille pour bien voir mes pieds et mes jambes, après je perds la pudeur, je me déshabille ; en même temps que tout le reste, j'apprends la forme de mes muscles et la façon de les tendre pour qu'ils soient beaux. Surtout, j'apprends à regarder la fille de la vitre, à m'imaginer que je suis elle. J'enlève la douleur de ma tête pour être juste cette image-là que je trouve parfaite. Quand j'y arrive et que je n'ai plus mal, j'essaie des gestes plus difficiles qui élancent le corps et l'allongent, des gestes qui feront de moi une vraie ballerine, meilleure que les autres, même si je suis plus pauvre qu'elles.

C'est un souvenir important parce que la vision du corps comme quelque chose d'extérieur à moi, plus tard, c'est devenu ma façon de danser. Vu que je séparais la douleur du mouvement, j'ai pu faire des choses que les filles riches de l'Académie n'ont jamais réussies. Même plus tard, dans mes solos de première danseuse, je pensais à l'enfant de la vitre qui fait ses exercices. Sur scène aussi, le jeu était de voir combien de temps le mal pouvait être tenu en dehors de ma tête par le calme de sa figure à elle. J'ai découvert que c'était longtemps.

22 mai

Le jour que j'arrive à la Cité, quand j'ai cinq ans et que ma tante va pour m'abandonner à l'Académie, j'arrive par la gare. Cette gare-là ne ressemble pas à la gare de campagne d'où on est parties : elle, elle puait la poussière, la terre, le crottin sec, et puis au village, il y a cinq trains par jour et peut-être cinq voyageurs en tout. En ville, c'est à cause de la brutalité des autres passagers qu'on réussit à sortir du wagon trop plein, tout le monde se pousse, se tire, les gens crient sur les quais, on dirait comme un peuple au complet ramassé là et qui veut aller ailleurs. Quand on sort, je m'accroche aux ganses du sac de voyage pour ne pas perdre ma tante qui court en avant de moi. Ça se passe pendant l'année du Japon. C'est un détail que je n'ai pas oublié parce que dans la salle des pas perdus, pour célébrer, on a planté deux grandes allées de cerisiers décoratifs qui poussent comme ça, en dedans. Leurs pétales tombent sur les planchers, tous les voyageurs marchent dessus en traînant leurs bagages dans des chariots. Il y a aussi, je m'en souviens parce que c'est la première fois que je vois des journalistes et des appareils qui font plein de lumière, un couple avec une femme très belle qui porte une robe blanche, et un homme plus âgé qui a l'air d'un soldat ou d'un capitaine. Ce mélange des gens pressés, du couple et des arbres blancs qui poussent dans des pots me trouble tellement que, d'un coup, j'ai envie de pleurer. À partir de cette minute, je fais partie de la ville, je deviens un morceau d'elle comme toutes les autres personnes autour de moi qui ont l'air très pressées, même que ça me rend fière de voir que ma tante est en retard, comme eux, et j'aime qu'elle me tire par la chemise pour que j'avance plus vite. Me sentir chez moi à travers la foule est une chose qui me bouleverse. Le soleil traverse les vitraux et frappe les arbres intérieurs, je suis remplie par une émotion que je ne connaissais pas, tout de suite j'aime la Cité, je la trouve belle et je la veux au complet pour moi.

Pendant très longtemps, j'ai oublié ce moment-là de ma vie. Il m'est revenu en tête la première fois que je suis entrée chez Féléor, beaucoup d'années après (presque vingt). En premier, il faut penser à la gare de mon souvenir : une gare d'enfant de cinq ans qui n'a jamais vu la ville, et après, il faut la vider de sa foule, la voir déserte, à l'heure où le soleil se lève ou se couche en frappant sa lumière jaune sur les vitres. Entrer dans le manoir de Féléor après n'avoir connu que des greniers et des lits sales, c'était pareil que d'avoir cette gare-là rien qu'à moi, avec ses trains, ses fleurs et sa grosse lumière. Quelque chose d'impossible qui est trop beau pour être vrai.

Il faut avoir la gare vide en tête et quelque chose comme le très doux sentiment d'être minuscule pour comprendre que j'ai offert à Féléor le cadeau de ma vie à prendre quand il voudra. Il faut voir plus loin que le fait de mourir ou de tuer quelqu'un. Je veux qu'une fois, au moins une, il rentre dans mon ventre comme je suis entrée dans sa richesse. Qu'il soit émerveillé. Je veux qu'il me trouve vaste et infinie, plus que ce qu'il imaginait. Ce sera la dernière fois, mais il sentira quand même qu'aucune femme, jamais, ne l'a aimé ou ne l'aimera comme je l'aime, c'est-à-dire à en mourir pour lui.

23 mai

Ce qui est difficile avec ce journal, c'est que mon langage à moi est le mouvement. Les souvenirs que j'ai sont physiques donc ils se racontent mal. Mais ce journal est là parce que je dois expliquer ma mort, Féléor me l'a demandé comme une partie de son cadeau. Le problème est que le ballet montre, il n'explique pas. Je n'ai jamais appris à penser comme ça, l'explication. Même en mots, j'arrive seulement à montrer les choses. Ça me fâche, je voudrais que mon journal explique comment la décision de mourir pour le plaisir d'un homme vient de loin, comment elle vient d'avant cet homme-là et même avant les autres. C'est important, le fait que ce soit la seule fin qui puisse arriver.

Quand je jouis les premières fois, ce que je sais des hommes n'a rien à voir avec les hommes réels. C'est à un moment où je viens de déménager dans la chambre des grandes et je continue chaque soir mes exercices d'endurance et de souplesse. Les autres filles ont appris, depuis le temps, que je m'entraîne la nuit. Ça arrive des fois que certaines se joignent à moi, je les laisse faire : après deux nuits ou trois, elles retournent dormir et ne m'embêtent plus. Les premières fois que je jouis, mon plaisir vient aussi du reflet dans la fenêtre, le reflet vieilli de la petite fille aux pointes. Je pense comme si j'étais un homme en train de regarder ce corps-là de danseuse, j'essaie de me voir comme dans ses yeux à lui, un homme, n'importe lequel, qui regarderait mon corps comme des spectateurs regardent un ballet, sans savoir la douleur qu'il y a derrière. Je jouis en continuant mes exercices, sans me toucher, rien qu'en pensant ; je jouis de me trouver belle dans les yeux de l'homme imaginaire, et je jouis surtout de savoir que c'est dans la souffrance de tous mes membres que je suis vraiment désirable, quand les muscles sont tendus et le corps dessiné par l'effort. Je jouis d'imaginer que l'homme qui regarde et prend plaisir de moi pendant le temps où j'ai mal, il ne souffre pas.

C'est aussi à cause de l'idée d'une douleur qui n'est pas réciproque quc, dès la première fois, avec le premier homme, je prends plaisir au sexe. Les religieuses nous ont élevées sans parler du désir, mais les professeurs de danse, eux, nous y ramènent tout le temps. Ils parlent d'émotion, d'intensité, de souffrance ou même d'extase, pour moi tout ça ramène à l'idée du désir de l'homme et du plaisir à tirer de son corps. N'importe quel homme. La première fois, avec celui-là qui est le premier, je pense mourir de douleur, mais au contraire des fois que je m'entraîne, je ne veux pas enlever la douleur de moi. Je veux la garder et me laisser envahir au complet par l'homme qui me prend. Je sais que le mal et le sang qui coule ne sont qu'à moi, que lui n'aura jamais mal de son corps comme à ce moment-là je peux l'avoir. C'est pour ça que je jouis. Ça se passe un soir de mes dix-sept ans, la journée où je rejoins les danseuses professionnelles de l'Académie. Après ce jour-là, j'ai une chambre à moi, je suis trop pauvre encore pour me payer un studio, mais les religieuses m'installent dans un bureau. C'est un endroit très petit qui sent encore le tabac des hommes qui l'occupaient deux jours plus tôt, les meubles de travail sont en pile près de la fenêtre, quelqu'un a fait de la place pour une couchette et pour une lampe. Celui qui me rejoint a les clés, il nettoyait la pièce quand c'était encore un bureau. Je le connais un peu, je l'ai déjà vu trois fois il me semble. Il baisse les stores, mais les laisse entrouverts, je me souviens du réverbère allumé de l'autre côté des persiennes. Il est venu me livrer un miroir très grand dans lequel je peux me voir des pieds à la tête. C'est un cadeau de l'Académie : maintenant que je suis la meilleure, ils font des cadeaux comme ça. D'abord l'homme dit qu'il va partir, mais les stores sont déjà baissés, et je trouve que c'est idiot de gâcher cette intimité-là parce qu'elle est la première de toute ma vie. Je crois que c'est moi qui le retiens, je dois l'attraper par le bras et l'embrasser, pas juste avec les lèvres, avec le corps complet. Il revient me voir souvent et il y en a d'autres, le concierge et le chorégraphe, des danseurs aussi, parfois, que j'invite dans la chambre, je les reçois là comme si c'était un endroit très chic. Ce sont des amants variés, certains sont bons, d'autres pas, mais la douleur de la première fois, quand on a l'impression que quelque chose du corps est arraché, elle ne revient plus, alors le sexe est tout le temps pareil et quand j'ai du plaisir, c'est la même chose chaque fois, et ce n'est pas une vraie jouissance.

24 mai

Ce journal me fait penser que je n'ai jamais pu danser sans qu'il y ait une trace de la souffrance de mon corps derrière mes gestes. Je suis une danseuse rien que dans la tension de mes muscles et dans la douleur causée par cette tension-là.

Un jour, je suis choisie pour jouer la Giselle de *Giselle, ou les Wilis*. Le chorégraphe est un fou qui veut pousser la danse plus loin que tout ce qui s'est fait avant. Les mois de répétition sont terribles. Trois fois de suite, je reste debout toute la nuit, je répète un seul mouvement, pour habituer mon corps à ce geste-là et pour lui faire mal par-dessus tout, dans le plaisir de la souffrance du rôle de Giselle. Au bout des trois jours, je reprends le solo pour le chorégraphe et à la fin il pleure. Moi aussi. Il me dit qu'il faut pleurer chaque fois, que chaque soir en dansant je dois me souvenir de la fatigue et du mal, et pleurer. Le soir de la première, je rencontre Féléor. Il est beau. Notre première rencontre, dans ma loge, ne ressemble à rien que j'ai connu avant, je l'aime tout de suite parce qu'il est différent de mes autres amants. Je dois partir en tournée quelques jours plus tard, il décide de venir avec moi. À partir de là, je ne réussis plus à pleurer. À cause du sexe des nuits, mon corps se détend et je me libère du mal de mes muscles. Le chorégraphe le voit : je ne sais plus danser. Il m'ordonne de faire quelque chose, de laisser Féléor ou de partir. Je refuse tout. De partir, de laisser Féléor.

Ce soir-là, en rentrant, je me déshabille et je décide de m'exercer avec un mouvement très difficile devant le miroir de la chambre d'hôtel. Féléor n'est pas là encore. Jusqu'à son retour, je répète le même geste, lentement, cent, mille fois, en tendant bien chaque muscle. Quand il arrive, je m'entraîne depuis trois heures. Il me demande ce que je fais. Sans arrêter de bouger, j'explique que je dois replonger mon corps dans la douleur pour pouvoir danser. Sans danser je ne peux pas vivre. C'est ce que je lui dis. Sans danser je ne peux pas vivre. Il est très amoureux. Il s'assoit sur un fauteuil et il m'observe, il ne dit rien, ne fait rien pendant deux heures, mais je sens son regard posé sur chaque millimètre de ma peau. Je ne veux plus bouger, je ne peux plus bouger, c'est ce regard qui m'a fait jouir enfant, quand je ne le connaissais pas encore, mais cette fois il ne se passe rien, je répète mon geste mais je ne sens plus rien dans mon corps, je suis comme à l'extérieur de moi, au complet livrée à un sentiment d'attente et de fébrilité, alors que Féléor ne fait rien. Et puis tout à coup il se lève. Il dit doucement « continue », alors je continue. Il me mordille l'oreille. Il effleure ma nuque du bout de ses ongles, ses doigts descendent le long de mon dos, remontent les côtes, jusque sous la poitrine. J'ai mal jusqu'en dessous des muscles, dans le ventre, les entrailles ; je répète le geste et pousse la douleur jusqu'à un endroit de mon corps où elle se transforme en autre chose, comme un mélange de désir et de plaisir très puissant. Alors il me touche les seins, le ventre, l'intérieur des cuisses, le sexe, tout ça très lentement, avec une passion contenue qui fait peur. Je frissonne, je veux arrêter la répétition, me retourner vers lui et l'embrasser à pleine bouche, mais quand il sent la tension des muscles tomber, il agrippe mes cheveux et chuchote « continue ». Ces gestes sont d'une brutalité étouffée qui m'excite à mourir. Il ne me prend pas. Il me caresse comme ça longtemps, mais il ne me prend pas. Je répète le même geste depuis six heures quand il arrête. Alors, je tombe par terre, avec mon corps en morceaux et des douleurs dans chaque membre. Il refuse qu'on fasse l'amour. Sans la fatigue, je le tuerais de mon désir de lui. Le lendemain, à l'entracte, le chorégraphe pleure, et le public et moi aussi.

25 mai

Avec Féléor, après ce soir-là du spectacle de Giselle, le sexe a toujours été comme ça, mais plus terrible et meilleur. J'ai montré à Féléor comment je pensais que les choses devaient être faites. Il fallait un miroir tout le temps, et certains gestes à poser pour que le plaisir soit vraiment grand.

Je savais que Féléor était un homme riche, mais je ne l'avais pas imaginé riche comme il l'est. Toute la première année qu'on a été ensemble, je n'ai pas su sa richesse. À la Cité, on habitait un appartement joli et minuscule, il disait que c'était prêté par quelqu'un de sa famille. Dans la chambre, il y avait deux grands miroirs sur des murs opposés. C'était la première fois que je voyais deux miroirs dans un appartement. J'aimais ça parce que je pouvais regarder mon dos pendant les entraînements.

J'ai dansé quatre premiers rôles pendant cette année que Féléor m'a entraînée. Il poussait mon corps plus loin que toutes les violences que je lui avais fait connaître avant. Le soir, je choisissais un mouvement du ballet que je dansais, je le répétais jusqu'à ce qu'il rentre. Ça pouvait durer trente minutes comme deux heures, trois, une fois même sept. J'attendais, je répétais en me concentrant comme quand j'étais petite sur la figure calme du miroir. Féléor rentrait quand il voulait, parfois il se jetait sur moi, m'embrassait, me léchait, me mordait, ou alors il défaisait sa ceinture et me frappait avec en s'assurant de ne toucher que la peau cachée par le justaucorps. D'autres fois, il s'assoyait derrière moi et parlait pendant des heures. Il pouvait dire des choses très belles, et des choses horribles aussi. Tout ce que je devais faire, c'était continuer de répéter le même geste. Dire le désir que j'avais de lui dans les moments où il m'épuisait, je ne saurais pas. Souvent, pour m'arracher à ma position, il mettait ses doigts autour de ma gorge et serrait jusqu'à ce que je manque d'air et que je tombe par terre. Il m'étranglait et après il me posait sur le lit. À mon réveil, on faisait l'amour dans la violence de mon désir à moi. Après je pouvais rien que dormir. Mais dans le jour et pendant les spectacles, les chorégraphes et les publics pleuraient chaque fois de me voir danser si bien. J'arrivais à me plonger dans un état proche de la jouissance même en pleine représentation, et c'est ce plaisir d'une souffrance insupportable que je montrais sur scène.

À un moment donné, je me suis blessée. Pas pendant qu'il m'entraînait, pas en dansant, pas pendant le sexe : en soulevant ma valise au retour d'une tournée. Ça a été fini pour la danse, mais j'ai refusé que ça le soit pour le corps. Alors Féléor m'a mariée, et j'ai compris la richesse de son père qui était devenue sa richesse à lui. Il a partagé mon monde pendant un an, je me suis plongée dans le sien pour le reste de ma vie. Sa vraie maison, qui n'était pas un appartement de bohème mais le manoir qu'il a habité avec sa première femme, fait deux fois la taille de l'Académie. Je m'y suis installée, j'ai appris à être riche. Mais dans ce monde-là, les femmes ne sont pas les mêmes que moi, et la seule chose qui a sauvé notre union, ce sont les jeux du corps qu'il n'oserait pas avec des maîtresses bourgeoises, mais seulement avec moi qui les lui ai appris.

26 mai

Depuis que j'écris, Féléor lit chaque matin ce que j'ai raconté la veille. Aujourd'hui, il dit gentiment que ça ressemble plus à des mémoires qu'à un journal. « L'écriture des diaristes relate le quotidien, le contenu des journées. » Ça me fait rire comment il parle. C'est lui le livre, on dirait. Il demande si je m'adresse à quelqu'un, si je veux que ce cahier soit envoyé à une personne en particulier après ma mort. C'est drôle, quand je lui ai parlé du cadeau de ma vie, d'abord il a eu l'air étonné, maintenant il prend plaisir à prévoir quand je serai morte et à m'en parler. Peut-être qu'il le fait pour me blesser ou pour mesurer ma volonté. Ça ne me dérange pas. Il n'arrive pas à m'ébranler, après tout ce temps il devrait savoir que je suis terriblement résolue. À propos du journal, j'y pense un moment, j'hésite, puis je comprends que c'est vous qui devez l'avoir, sa femme, sa future femme, celle qui viendra après que je serai morte parce qu'il m'aura tuée. Il répond que c'est cruel, mais d'accord, promis, il vous le donnera.

J'imagine que j'ai écrit tout ça par orgueil. C'est une pensée qui ne me gêne pas. Tous les jours, en prenant le cahier pour écrire, je crois que, d'une façon ou d'une autre, je pense à vous. Même sans savoir votre nom, votre âge, je sais exactement qui vous êtes. Vous êtes une des petites filles qui voulaient être ballerines sans avoir mal. Sûrement que vos parents sont riches. Pas riches comme Féléor mais riches quand même. Alors vous n'êtes pas devenue danseuse, vous êtes devenue une de ces très belles dames qui s'habillent pour l'opéra tous les jours et qui vont aux ballets comme d'autres vont au parc. Même dans des vêtements de misère, vous auriez l'air plus riche que moi dans les robes sur mesure que Féléor me fait faire. Ce n'est pas que je ne suis pas belle, c'est que je suis née pauvre. Déjà à cinq ans, à l'Académie, je sais que contre ça, il n'y a rien à faire. C'est quelque chose dans les yeux et dans la façon de regarder les autres. Moi je regarde comme une danseuse mais pas comme une riche. Féléor, lui, a le regard habitué aux femmes comme vous, et il voit que je ne vous ressemble pas. Même quand j'essaie de faire semblant, je ne peux pas vous ressembler. Je me mélange à vous parce que ma carrière vous intrigue. Quand on parle, ça vous fait penser à votre vieux rêve de danse, mais vous me regardez quand même de haut parce que je ne vous ressemble pas. Et c'est vrai : je suis moins bien que vous.

Mais après qu'il m'aura tuée, aucune femme, ni riche, ni pauvre, ni belle, ni parfaite, ne pourra se mesurer à moi. Même pas vous à qui j'écris. Je serai la seule à occuper ses rêves. Personne n'y arrivera comme moi.

27 mai

Depuis mon arrivée dans le manoir de Féléor et dans sa richesse, je continue à m'entraîner, pas tous les soirs mais souvent. Il a ses appartements, moi les miens, et je l'attends parfois en répétant le même mouvement pendant des nuits complètes où il ne vient pas. Ces nuits-là, je jouis comme enfant, en imaginant son regard à lui posé sur moi.

Le souvenir avec lequel je veux fermer ce journal n'en est pas un de mon corps mais un de ses mots à lui, qu'il dit pendant que je suis montée sur mes pointes, une fois où je ne peux plus danser. C'est il y a quelques semaines, avant que je décide de mourir pour lui. Nous sommes dans mes appartements du manoir, dans une pièce où les quatre murs sont des miroirs. Il m'a demandé de porter mes pointes de Giselle, celles qui sont blanches et très usées maintenant. Je sais qu'alors, en affaires, les choses ne marchent pas très bien. Il est dans un état de violence contenue qui le fait rager contre tout ce qui bouge. Il s'assoit sur une chaise et me regarde. Après, il se met à parler. Il me raconte la mort de sa première femme. La manière qu'elle avait de s'empoisonner, tous les jours, pour faire des expériences, et le plaisir qu'il a fini par tirer de ces expériences-là. Il a aimé prendre son corps comme il prend le mien, des corps qui lui appartiennent vraiment parce que nous sommes d'accord pour qu'il les traite comme il le fait. Il dit que son désir à elle n'existait pas, qu'elle désirait la science et qu'elle désirait son premier mari, un

Général. Il a découvert avec moi ce que le vrai désir veut dire, un désir de lui. Il dit que c'est une chance d'avoir une femme qui veut tout ce que lui veut, et même plus parfois. Quand il y pense, le désir le prend par bouffées très fortes, et quand il ne peut pas l'assouvir, alors il bout. Je lui dis doucement que je suis là, moi, que je reste là. Alors il me gifle très fort et je tombe de mes pointes. C'est lui qui me relève en me tirant par les cheveux, il m'ordonne de me taire, il est dans une fureur que je ne lui connaissais pas. Pendant un temps, il ne dit plus rien, il voudrait ne pas me voir mais il n'y a que des miroirs sur tous les murs. Après, très doucement, il me dit qu'il a aimé la voir mourir, sa première femme, Constance. Il y pense souvent, tout le temps, même quand il est avec moi ou dans moi. Il dit que mon désir lui plaît, mais que sa mort à elle est un plaisir plus fort, plus vif, même si elle ne l'a pas aimé.

Je comprends alors que tant que je serai vivante, cette femme-là vaudra plus que moi. Même si elle ne l'a jamais désiré, même si peut-être elle ne l'aimait pas, elle reste mieux que moi. C'est comme ça que me vient l'idée de le laisser me tuer. Et demain, quand je serai morte, cette femme-là sera effacée. Et ce sera à vous, qui viendrez après, de vivre avec le souvenir de moi dans toutes les pensées de Féléor.

À propos d'Abigaëlle

La mort de Constance m'avait plongé dans un état de morosité qui me faisait boire beaucoup. Je m'étais mis à traîner dans les cafés du Quartier Gris, évitant autant que possible le boulevard Papiller et la place des Roches, où évolue la bourgeoisie avec laquelle je commerçais alors. Un après-midi au cours duquel je buvais rue de l'Affre, je rencontrai un pianiste avec lequel je partageai une bouteille de vinasse. Pour me remercier, il m'invita à la première de *Giselle, ou les Wilis*, que l'on présentait le soir même à l'Opéra de la Cité. Il me proposait une petite chaise, en retrait dans la fosse de l'orchestre, d'où je pourrais voir le spectacle sous un angle «que ces gros bedonnants des loges ne peuvent même pas imaginer». J'acceptai l'offre et aboutis, quelques heures plus tard, sur une chaise inconfortable, derrière le chef d'orchestre, perché sur une petite plateforme que je partageais avec trois autres «invités» qui ne virent pas mieux le spectacle que moi. On ne m'avait pas menti cependant, car si l'emplacement était lamentable, il permettait quand même de voir, en se cassant un peu le cou, tout ce que les danseuses cachent sous leur tutu. Cette vue unique que vantait le pianiste n'était qu'un paysage d'entrejambes couverts par les justaucorps, desquels dépassaient parfois quelques touffes poilues, parfois rien du tout. La question de la pilosité des danseuses m'amusa un court moment pendant lequel je me figurai les différences entre les corps imberbes et les velus, mais je m'en lassai rapidement. Je regardai un peu autour de moi : les musiciens, joues gonflées, m'ennuyaient, et il faisait trop sombre pour observer l'expression des spectateurs. Je me rabattis donc sur les cuisses des danseuses et je passai l'essentiel du premier acte à comparer les chairs entre elles. Quand les applaudissements annonçant l'entracte me sortirent de mon ennui, je me relevai et m'éclipsai avant que le pianiste n'ait le temps de se ruer sur moi, avide de recueillir des impressions que je ne souhaitais pas partager.

Le changement de costume qui survint pendant l'entracte me força à porter plus d'attention au ballet lui-même. Au lever du rideau, les danseuses revinrent vêtues de longs tutus qui leur couvraient les jambes jusque par-dessus les genoux. N'étant plus en mesure d'admirer le gras de leurs cuisses, je me rabattis sur leurs pieds, seul élément visible depuis mon siège. Songeant aux chevilles de Constance, qui avaient vivement alimenté mes désirs, j'observai d'abord celles des deux ballerines de l'avant-scène – l'une avait des chevilles épaisses qui contrastaient avec la petitesse de ses pointes, l'autre des pieds gras qui me parurent trop larges pour la danse –, mais je me concentrai rapidement sur les mouvements d'ensemble, qui me faisaient penser à des escadrilles de colombes décharnées, et je plongeai dans un songe où j'écorchais des volées d'oiseaux blancs. Lorsque Giselle interpréta son dernier solo, une sorte de décharge me traversa le corps, j'eus l'impression qu'enfin quelqu'un tentait de me séduire, de me captiver, et je pensai que je n'allais peut-être pas mourir d'ennui après tout. L'élégance brutale de ses pas me frappa vivement ; l'extrême cambrure de ses chaussons, la finesse de ses chevilles, la courbe prononcée de ses pieds, chaque détail me fascina tant et si bien que, lorsque le spectacle s'acheva enfin, j'exigeai du pianiste qu'il me présente à elle. Il hésita d'abord, mais finit par accepter. Je ne crois pas qu'il connaissait la jeune femme, car lorsque nous arrivâmes devant sa loge, il cogna, poussa la porte et s'enfuit aussitôt.

La danseuse était assise sur un tabouret, vêtue d'un justaucorps et de guêtres. Elle se tenait dos à moi ; mes yeux se posèrent d'abord sur sa croupe étroite, à peine plus large que le siège, et je m'étonnai d'être séduit par une silhouette aussi différente de celle de Constance, dont les courbes plantureuses m'avaient plu les premières. Là, il n'y avait aucune rondeur sur laquelle l'œil pût glisser, mais plutôt un corps grêle, délié, affermi par une solidité musculaire presque masculine. La soliste m'entendit probablement entrer, mais ne s'en inquiéta pas, trop concentrée sur le chausson de son pied droit – dont les rubans s'étaient emmêlés – pour relever la tête et me saluer. Pendant qu'elle s'échinait sur le nœud, essayant d'en venir à bout avec ses ongles, je passai l'embrasure de la porte et m'installai sur l'unique chaise de la loge.

Je ne saurais dire après combien de temps le nœud céda. Un soupir de contentement sonore attira mon attention et je levai les yeux à temps pour voir le chausson tomber sur le sol, libérant de son écrin le pied qui m'avait ému pendant le spectacle. Je regardai la chaussure qui gisait sur le plancher, sa semelle de cuir toujours cambrée, comme figée en plein mouvement, et remontai du sol jusqu'à la jambe pour découvrir à la place du pied une excroissance blanchâtre et meurtrie, couverte de corne, d'ecchymoses et de plaies gonflées. Des cloques gorgées d'eau déformaient la chair, des lambeaux de peau étaient restés collés au chausson et laissaient la plante du pied écorchée, un ongle arraché transformait l'un des orteils en une plaie purulente dont suintait un liquide ocre légèrement translucide. Mon Dieu, ce pied de ma petite danseuse ! J'ai épousé Abigaëlle pour lui. Je restai figé un moment pendant lequel je me remémorai le chausson immaculé qui avait captivé mon attention pendant le spectacle, puis la vision de cette chair mutilée m'excita si brusquement qu'elle me plia en deux, et je sentis ma verge durcir en même temps que montait en moi un instinct bestial qui me fit tomber à genoux devant la ballerine. J'empoignai le membre et y collai mon visage. Je le frottai sur ma joue et ne pus réprimer une grande inspiration, comme pour m'imprégner de l'odeur de cette chair blessée et l'imprimer dans ma mémoire olfactive. Je caressai des dents la plante du pied et pressai ma langue sur l'orteil estropié, une première fois rapidement, car un tressaillement de la cheville me fit craindre l'effarouchement de la jeune femme, une seconde fois plus longuement, en insistant sur les pourtours de la plaie pour en sentir les bourrelets gonflés où l'ongle s'appuyait autrefois. Puis mes dents trouvèrent une cloque ronde, pleine, que je fis éclater entre mes canines. Je me souviens que le liquide tiède gicla dans ma bouche, je m'empressai de serrer les dents sur la blessure pour ne pas perdre une goutte de lymphe, ma langue glissa sous la peau et toucha la chair tuméfiée. Un frisson parcourut la jambe de la danseuse, montant de la cheville jusqu'à la cuisse, mais elle ne me repoussa pas et, interprétant son sang-froid comme un assentiment, je me mis à croquer toutes les cloques de son pied, éprouvant une joie féroce chaque fois qu'un frémissement de douleur animait le membre.

Il restait encore le pied gauche, toujours prisonnier de son impeccable écrin. J'attrapai des ciseaux qui traînaient sur la coiffeuse et m'apprêtais à couper les rubans quand la belle me repoussa violemment, lançant un « non ! » autoritaire. Je relevai la tête, surpris, rendu hagard de désir, tandis qu'elle se penchait sur la boucle du chausson, la dénouant avec la même application que la première. Je restai à genoux devant elle, hypnotisé par le travail de ses doigts sur le nœud de rubans. Ce n'est que lorsqu'elle me jeta le chausson à la figure que je sortis de mon engourdissement. Elle me tendait le pied, pointant les orteils comme en pleine danse, et je fus presque aussi brutalement saisi par ce geste volontaire que je l'avais été par la découverte du membre mutilé. Je dévorai chaque cloque, chaque plaie avec un appétit insatiable, et finis par remonter le long des jambes jusqu'au justaucorps que j'arrachai violemment. Je pris Abigaëlle là, dans sa loge, la renversant sur son tabouret, enflammé par la petitesse de son corps et l'étroitesse de son con, subjugué par la solidité émanant d'elle malgré sa taille. Quand je me retirai, soulagé, elle retourna à son petit tabouret, s'assit, et entreprit de défaire son chignon.

Frida-Oum Malinovski

Cheveux très blonds, longs, qui descendent en vagues travaillées jusqu'au creux du dos. Le col de fourrure met en valeur l'abondante poitrine. Les fesses sont grasses, la taille ample et le corps plutôt petit. Vêtements foncés, jupe de soie très longue qui cache les jambes et les souliers, mais flotte à chaque pas.

Le buste a vieilli comme le reste du corps, les grossesses ont gâché le galbe des seins. Ils ne sont plus présentés que savamment corsetés. Flaccidité générale de la chair que ne compense pas une certaine expertise sensuelle. Les traits délicats du visage sont figés par les crèmes et les traitements : le désir de paraître jeune empire ce que l'âge a déjà pris soin d'user.

Parfois, le marasme est si pesant qu'occupée à digérer, je ne tiens plus debout, et dès que je dois faire quelques pas, je m'effondre, plus essoufflée qu'une pie-grièche de cent ans. Ces jours-là, il n'y a rien à faire, je me laisse aller, je ne m'habille plus, je ne me lave plus ; c'est une déchéance qui peut durer des semaines, elle ressemble d'abord à une libération, mais même l'apathie écœure à la longue. Je passe des heures entières affalée par terre, on dirait une chienne qui n'attend plus que de crever, ma débilité me dégoûte, je hais tout le monde, par-dessus tout les bonnes qui circulent dans mes appartements, elles sont jeunes, pimpantes, quand elles m'apportent mes repas dans la chambre je reste avachie, je ne touche à rien ou je mange couchée sur le plancher, mais je les entends toujours derrière moi qui chuchotent et te plaignent en replaçant leur chevelure de pouliche : pauvre pauvre monsieur Rü, marié à une grosse vache qui se vautre dans sa propre crasse.

Souvent, j'espère que tu me rendes visite et me trouves comme ça, à moitié nue en train de me repaître par terre comme une bête, entourée de ces grandes grues que tu engages comme femmes de chambre, mais qui ne doivent être vraiment efficaces que dans ton lit. Alors, je m'imagine livrée à ta colère : tu me prends avec violence, me laves en me lançant de grands seaux d'eau froide à la figure, me secoues jusqu'à ce que je sorte de ma torpeur ; pendant ce temps, mes doigts s'enfoncent dans mon con tandis qu'autour les bonnes regardent et s'affolent. Je pense que dans ces moments de léthargie, seules tes gifles et ta verge sauraient me remettre en marche, mais ces jours-là, je ne te vois pas – tu restes dans tes appartements ou tu cours les bordels, je ne sais pas – et moi je ne bouge pas, vieille peau écachée sur les planchers impeccables de la maison.

Quand tu daignes me gratifier d'une visite, tu choisis bien ton moment, et alors je suis toujours de meilleure humeur, sortie de ma flémingite aiguë en tout cas et occupée à lire tel ou tel roman qui m'aura aidée à traverser la crise. Je devine ta venue longtemps d'avance, surtout à l'attitude des bonnes : leur sollicitude soudaine ne peut être qu'artificielle. Elles me bichonnent pour que tu me trouves douce et belle et parfumée, elles enferment mes gros seins dans un corset trop étroit en affirmant que « madame ne devrait pas se laisser aller de la sorte », elles remontent ma chevelure, la boudinent, la laquent. C'est bien la seule chose qu'elles savent faire ; elles ont la main adroite, l'œil habitué : leurs coiffures sont des chefs-d'œuvre de sensualité, depuis le peigne paré de perles jusqu'à la mèche désinvolte qui caresse l'épaule. C'est elles qui choisissent mes dessous, elles me déguisent comme si j'avais leur âge, mais un corps mou comme le mien ne devrait plus faire l'effort des jarretelles élastiques ou des culottes de dentelle : le résultat est à rire aux larmes. Et elles sont là qui s'activent comme des mouches autour d'un étron ; je les hais tout en sachant qu'elles sont une bénédiction, que je n'aurais pas la force, même au sommet de ma forme, de me livrer moi-même à ces séances de soins. L'alliance que tu m'as glissée au doigt m'a rendue lâche, ta fermeté a fini de m'alanguir, je suis devenue paresseuse.

Je ne comprends toujours pas pourquoi tu m'as mariée. Une grosse veuve ni riche ni belle avec sa progéniture encore sur les bras : personne ne veut plus des femmes comme moi de nos jours, sinon les pauvres qui espèrent à tout prix se sortir de la dèche, et Dieu sait que ce n'était pas ton cas. Quelquefois, je me dis que c'est l'état de délabrement dans lequel je me vautre depuis notre mariage qui m'a distinguée des vingt autres qui espéraient ta demande. Peut-être que tu avais pressenti ma fragilité ; peut-être que tu m'as aimée seulement pour ne plus m'aimer ensuite, afin de me plonger dans ce désespoir indolent qui me laisse à ta merci. Une autre serait partie depuis longtemps, ou alors elle mènerait sa vie à grand train, se vengeant de ton indifférence en utilisant l'or de tes coffres pour combler ses amants. Pourquoi je n'ose ni la fuite, ni la dépense, ni l'adultère ? Je préfère m'avachir, me laisser crever d'inertie.

Je me demande si c'est l'amour de toi qui me tient captive, ou si c'est le bien-être que me procure cette déchéance-là de tout ce que je suis.

Élever mes enfants toute seule m'a brisée. Et il a fallu gérer la ferme, le vignoble, la maison de la Cité, tous les avoirs d'un mari mort trop tôt. Je n'aimais pas cet homme, mais avant qu'il meure, au moins nous étions deux. Après, je ne me souviens de rien. J'ai agi en automate pendant quinze ans, réglée comme une horloge, tout entière dévouée aux besoins d'une maisonnée que je détestais pourtant. Je me mettais en marche chaque matin à six heures et posais une série de gestes machinaux, calculés pour mener domestiques et marmaille jusqu'au soir; je ne cessais de fonctionner qu'une fois le dernier gamin endormi, le dernier compte réglé. J'ai eu toutes les responsabilités du mariage sans en avoir un seul avantage. Quand je me goinfre par terre comme une truie, entourée de ces poules parfumées qui me rappellent continuellement ma déchéance, il monte en moi une telle rage d'avoir été femme et jeune, mais d'avoir été engoncée dans le corps mou des grossesses et les voiles noirs du deuil! Je ne pardonnerai jamais ni à mon mari ni à mes enfants la carcasse horrible héritée de ces années-là. J'étais belle avant eux. J'ai cru l'être à nouveau plus tard, dans tes yeux et grâce à toi. Je te déteste à mort de m'avoir redonné le sentiment de ma féminité pour me l'arracher ensuite en m'entourant de ces nymphettes avec lesquelles tu couches pour te désennuyer. Et je me hais d'être trop lâche pour te laisser derrière moi.

Tu n'imagines pas comme ton arrivée a changé mon existence. Tu as fait le ménage des avoirs, placé les garçons, trouvé un époux à la fille : du jour au lendemain, il n'y a plus eu que moi. Une bénédiction. Je pouvais paresser le matin et passer des heures à lire, à traîner au lit sans même avoir à prétexter une douleur quelconque, je pouvais soudain manger tout ce que je voulais et à des heures indues, personne n'attendait plus après sa soupe pour vivre, il n'y avait plus d'argent à gérer, de calculs à faire, de domestiques à payer, de comptes à rendre, d'échéances, d'obligations. Mais mon oisiveté me rend dépendante : je ne veux plus jamais avoir à faire quoi que ce soit. La moindre responsabilité m'effraie : même un amant serait beaucoup trop de travail, et l'idée seule de prévoir une rupture est éreintante. Ma paresse m'attache à toi même si plus rien d'autre ne nous lie.

Je ne sais pas pourquoi je me décide à t'écrire aujourd'hui. Tu m'as rendu visite hier, et normalement, après ton passage, je m'effondre et me laisse à nouveau envahir par le désespoir. Mais cette fois non. J'écris. J'ai hurlé ce matin après une de tes poules pour qu'elle me trouve du papier et un crayon – tu aurais dû voir le poulailler s'agiter au complet ! Madame n'est pas déprimée ce matin ? Non, madame veut écrire, et tout de suite ! Depuis notre mariage, j'ai refusé de prendre la plume chaque fois que tu me l'as commandé, et voilà que, maintenant que tu ne me demandes plus rien, je me presse de noircir toutes les feuilles qui me tombent sous la main. Même moi, je ne me comprends plus. Il y a sept ans, quand au matin de notre nuit de noces tu m'as offert un carnet pour que j'y note « mes pensées », j'ai brûlé le cahier dès que tu as eu le dos tourné. L'écriture était une forme de contrainte alors que j'aspirais à la liberté totale, écrire quotidiennement me semblait un exercice démesurément fastidieux.

Hier, donc, tu es venu me voir. Tu es passé par la grande porte, te faisant annoncer comme à la cour d'une reine, les bras chargés de cadeaux – robes, bijoux, soieries. Derrière toi, cinq hommes portaient d'autres présents, un bouquet de soixante-douze roses, de nouveaux tapis persans, des tapisseries étrangères et des sucreries d'Orient, des loukoums, des pâtes de noix. Tu as dit : « Je reviens de voyage pour te couvrir d'or. » Je jouais la sultane assise au milieu des coussins, j'avais la prestance d'une souveraine dans mon corset étouffant, mais la simple vue de ton corps me rendait esclave à nouveau. Que je hais ton corps qui me fait trembler et qui, sitôt que je le vois, me fait mouiller comme une vierge ! Quelle injustice, tout de même, que la vie des femmes ! Les hommes ont des décennies de beauté devant eux, le temps rend leur voix plus chaude et plus basse, leur virilité, plus affirmée. Si les femmes pouvaient également devenir plus séduisantes en vieillissant ! Et tu es si jeune encore ! Ce n'est que lorsque je te vois nu que notre différence d'âge me frappe, mais quelle gifle alors ! Ton torse, la solidité de tes épaules, de tes bras, les muscles lisses sous ta peau. Comme ils riraient, nos soi-disant amis, s'ils nous voyaient coucher ensemble. Un taureau et une truie : quel mariage grotesque ! Enfin, tu étais là avec tes cadeaux, et moi, en pâmoison comme une pucelle idiote, je cherchais à garder contenance en détournant le regard. Une fois les présents posés sur les commodes et les bureaux, les tables, le lit, tu as renvoyé tout le cortège en claquant des mains, tu t'es penché sur moi et tu m'as embrassée avec fougue, comme si, vraiment, tu arrivais du bout du monde. Quelle farce ! Tu arrives à te croire, toi, quand tu feins de la sorte ? J'ignore quelle force me pousse à jouer encore les histoires que tu inventes, ou de quelle manière je réussis à suivre le ton que tu imposes à nos rencontres. Pendant six heures, nous sommes restés enfermés ; j'ai été impératrice et chienne, toi serviteur, maître – maître surtout. Nous avons bu et crié jusqu'à faire croire aux domestiques que notre union valait toujours quelque chose ; nous avons joui à en oublier tous les deux qu'après ces quelques heures de mensonge, je serais à nouveau en perdition, couchée dans ma propre crasse, le corps encore poisseux de nos ébats, déterminée à ne plus jamais me laver.

Je ne sais plus combien de fois en tout tu m'as possédée. Pour moi, ça n'a été qu'une longue fornication, clairsemée d'interruptions diverses, mais pour un homme, les choses ne se comptent pas de la même manière. Quelque part à travers le sexe et l'alcool, tu as sorti de ta serviette un carton usé qui contenait un journal brun, presque neuf, à peine tordu par l'usage. J'ai eu peur un moment que tu me le donnes en me demandant encore d'y écrire ma vie ou mes pensées. Je te l'aurais jeté au nez, cette fois, sans gêne aucune et peut-être même en crachant dessus au passage. Mais ce n'était pas ça. Tu as dit que c'était une vieille promesse, faite il y a longtemps, à celle que tu avais aimée avant moi. Tu as dit ça comme si tu m'aimais encore. Je n'ai même pas regardé ce que c'était. Nous sommes tout de suite retournés à nos ébats, comme des enfants qui, d'un commun accord, jouent à « faire semblant ». Ce matin, quand je me suis réveillée, les cadeaux étaient encore posés aux endroits où ils avaient été lancés hier, j'avais partout sur moi l'odeur de ta peau et de ta semence, mais tu étais parti. Aucune surprise évidemment, ni même l'ombre d'une déception. Simplement l'envie féroce de me laisser dépérir sur le plancher, pour qu'à ta prochaine visite il ne reste plus qu'à m'enterrer. J'ai refusé d'ouvrir tes présents, je ne les ai pas touchés, mais en m'écrasant sur le tapis pour m'abandonner à l'inertie, je suis tombée nez à nez avec le cahier, et je ne sais pas pourquoi, mais je l'ai ouvert.

Abigaëlle. La pièce aux quatre miroirs. J'ai lu le journal une première fois et c'est là-dessus que j'ai accroché. La pièce aux quatre miroirs. Tu m'y as attachée une fois, au début de notre mariage. Je me souviens précisément de ce soir-là. Nous avions bu, tu étais jovial, tu avais envie de me prendre là. « Une pièce formidable, faite exprès pour le plaisir », que je n'avais jamais vue. J'y suis entrée les yeux bandés, tu m'as attachée, et quand tu as défait le bandeau qui me bloquait la vue, je me suis mise à crier. J'ai tellement pleuré, hurlé et geint pendant que tu me prenais, qu'à bout de nerfs, sitôt après avoir joui, tu es parti, m'abandonnant là, seule avec ma carcasse de grosse vache décuplée mille fois autour de moi. J'ai beuglé pendant des heures, jusqu'à ce qu'une bonne, au petit jour, se demandant quel animal blessé avait trouvé refuge dans la chambre de feu madame Rü (la deuxième), entre et me libère. Je me suis effondrée dans ses bras, et je crois que c'est à ce moment que l'apathie qui me tue s'est sournoisement installée en moi. Je suis restée couchée pendant des jours, je ne voulais plus rien faire, il me revenait tout le temps en tête le souvenir de mes grosses chairs molles, je ne voyais plus que mes seins pendants, mon ventre flasque, mes fesses tombantes et grasses, et par-dessus cette image se superposait celle d'un cochon à l'abattoir.

Si j'avais tenu le journal que tu espérais que j'écrive, j'aurais écrit un nombre incalculable de réflexions sur mes seins. J'aurais raconté, par exemple, à quel point ils étaient ronds et durs avant les enfants. J'ai le souvenir précis de ma mère, assise à la fenêtre de ma chambre, ouvrant mon corsage pour mesurer ma poitrine et la voir – pesant mes seins dans sa main, vérifiant le grain de la peau, la couleur des tétines – et affirmant que cette poitrine « est l'avenir de notre maison ». Avoir tenu ce journal, j'aurais écrit sur la beauté des seins adolescents, j'aurais traité de la couleur des mamelons qui changent après les grossesses, ou de la texture de la peau qui évolue avec le temps, se raffinant d'abord, de l'adolescence jusqu'aux couches, puis déclinant avec les premières tétées. J'aurais peut-être même raconté l'admiration émue de mon premier mari pour cette poitrine, sa réticence à la toucher, son bonheur de la regarder tout simplement. Ce faisant, j'aurais également dû décrire avec embarras mes orgasmes d'allaitement. Maintenant, le temps a passé, je l'écris et ça ne me gêne plus. Quand mon fils aîné a vu le jour, je l'ai allaité très longtemps. Je répétais à ma famille que c'était bon pour lui, je passais pour un ange malade de dévotion, je me préoccupais continuellement de l'appétit du petit, on y voyait un dévouement remarquable, certes un peu excessif, mais louable assurément. Cette admiration me confortait dans mon obsession des tétées et calmait mon mari, mais la vérité, c'est que nourrir cet enfant me procurait un bonheur dont j'ignorais tout avant sa naissance. À me téter comme un veau, il m'embrassait les seins d'une façon que son père ne connaissait pas, et ce plaisir-là montait en moi en même temps que le lait. Je l'appelais « mon petit vampire » et je l'ai aimé jusqu'à ce qu'il se désintéresse par lui-même de mes mamelles. Il devait avoir trois ans et demi quand il a refusé mon sein la première fois. C'est pour ça que j'ai eu son frère. Pour qu'un autre s'accroche à moi et me procure cette volupté que mon mari ne savait pas me donner. Que du plaisir. Et je continuais d'être admirée de tous ! Mon abnégation touchait mon époux aux larmes ; le pauvre, s'il avait su. Mais c'était un grand sentimental, tendre, trop doux : jamais il n'aurait pu imaginer que les rapports que j'entretenais avec ses enfants me faisaient jouir à en crier parfois. Ensuite, je n'ai eu que ma fille, et elle m'a enlevé tout le bonheur d'avoir de la marmaille pendue aux seins. En lui donnant à boire, je n'arrivais pas à m'enlever de la tête qu'un jour, sa poitrine à elle serait belle, ronde et ferme alors que la mienne ne plairait plus ni aux hommes ni aux mioches. Je l'ai placée vite fait chez une nourrice. Les deux petites filles qu'elle a eues sont ma consolation : jamais elle n'aura connu ce bonheur-là d'être tétée par des garçons.

Ce matin, après ton départ, j'ai lu le journal d'Abigaëlle et j'ai pensé à celui que j'aurais pu tenir pour toi. J'ai d'abord achoppé sur cette misérable pièce remplie de miroirs, mais maintenant que j'y repense, après avoir parlé de mes seins de vache à lait et de tout ce que la maternité a fait de moi, c'est la jalousie qui m'envahit et m'enrage. Ça me rend malade de t'imaginer avec cette autre femme. Elle était jeune, elle. Et belle aussi, très probablement, avec des seins d'adolescente et un corps ferme de danseuse. Et surtout, elle savait te rendre heureux en t'offrant des plaisirs que tu ne connaissais pas. Je vous imagine parfaitement dans ces longs face-à-face silencieux où la douleur devient une jouissance vive, où l'orgasme est arraché à un corps à fleur de peau.

Vous deviez être beaux ensemble. Juste sur scène, elle devait déjà rayonner, alors comme ça, nue dans une petite pièce, son corps répété à l'infini, son esprit concentré sur un mouvement à faire et refaire sans fin, elle devait te sembler irréelle, renversante. Tu l'as vraiment tuée ? Même ça, je peux l'imaginer. Tes doigts fermés sur son cou d'oiseau, son souffle saccadé, son corps à l'abandon, son esprit déjà flottant au-dessus d'elle-même ; je la vois, spectatrice de sa propre mort, une agonie rêvée pendant des jours et réalisée enfin, exactement comme elle l'avait imaginée.

Enfant, j'étais déjà mollassonne. Peut-être pas du corps, mais j'avais déjà en moi cette prédisposition à la paresse qui m'anéantit aujourd'hui. En fait, j'étais exactement ce que ta danseuse imaginait. Je voulais « être ballerine sans avoir mal ». À l'âge imposé par la bienséance, mon père m'a inscrite à des cours de danse que je suivais trois fois par semaine chez une grosse bonne femme qui savait monter son corps de mastodonte sur des pointes. Après six mois de leçons, je ne réussissais pas encore à toucher le bout de mes orteils, même en étant assise sur un coussin. J'avais horreur de ces séances, je pleurais pour ne pas y aller, je pleurais sur place pour y échapper, je pleurais encore quand les exercices étaient trop difficiles, et, quand je n'y tenais plus, j'en venais à me jeter spectaculairement par terre en hurlant de douleur, prétextant une foulure ou une entorse pour me tirer d'affaire et obtenir du même coup l'attention des petits rats qui suivaient la classe avec moi. Alors, pendant une ou deux semaines, on me prenait en pitié, je restais au lit malgré la prescription contraire du docteur qui, ne diagnostiquant aucune blessure, me sommait de m'endurcir un peu. Ma mère, furieuse, renvoyait l'incompétent et faisait venir un nouveau spécialiste, jusqu'à ce que, au bout de quelques mois, elle en trouve un qui, plus ambitieux que les autres, lui dise exactement ce qu'elle voulait entendre, à savoir que madame la professeure de ballet épuisait sa fille et qu'il était urgent de la retirer de cette école. Libérée, donc, et de la danse et de l'effort. Le même scénario s'est d'ailleurs reproduit un peu plus tard, avec le piano. Cette fois, c'est un simulacre d'acouphène qui me sauva, et la torture dura moins longtemps. Aussitôt les maux d'oreilles annoncés, on fit venir le même médecin qui m'inventa la maladie et fut bien payé, merci à lui.

J'admire immodérément la détermination qui a poussé si loin ta danseuse. Je la hais d'être cent fois mieux que moi. Je me sens plus vache encore en imaginant la perfection de sa posture, la rigidité de ses muscles. Je t'écris affalée dans les coussins de mon lit, j'ai l'impression de peser huit tonnes, ma carcasse m'écœure, je hais ta danseuse, mais je me hais plus encore.

Je me demande quelle a été sa vie, dans cette Académie. Comme les autres filles devaient la détester d'être aussi parfaite ! Et comme ce devait être facile pour elle ! Jamais de comptes à rendre ; ni parents ni enfants à satisfaire. Bon sang que je l'envie !

Imaginer vos échanges, tes baisers sur sa peau, le mélange de vos deux salives, ta langue glissant sur ses seins, ses lèvres ouvertes sur ta verge, tout cela me rend malade. Mon estomac vide se tord en imaginant ton corps contre le sien, je vomirais rien qu'en pensant à tes yeux posés sur sa peau nue. À force de le voir chaque jour, ton poulailler de servantes m'affecte de moins en moins, mais elle… elle : même morte, je ne la supporte pas. C'est insensé, je crois que j'envie jusqu'à sa mort entre tes doigts. Mais assassine-t-on les vaches comme on tue les oiseaux ? Ha ha, je t'imagine en train d'essayer de m'étrangler. Tes mains font-elles seulement le tour de mon cou ? Pauvre toi, et pauvre moi surtout, qui comprends maintenant que rien, rien de ce que je pourrai faire ne saura t'arracher à tes femmes mortes.

Quand mon mari a été enterré, il n'y avait presque personne au cimetière, et malgré tout, je ne reconnaissais pas la moitié des visages. Ce jour-là, j'ai compris qu'à mes propres funérailles, il n'y aurait pas un chat, sinon mes trois enfants qui, peut-être, se déplaceraient par obligation. Cela me semblait une catastrophe et je me suis mise à cultiver des dizaines de relations inutiles, pour m'assurer de laisser derrière moi tout un troupeau d'amis éplorés. Depuis notre mariage et le début de mon apathie, j'ai cessé d'envisager cette mort solitaire comme une tragédie, je ne la vois plus que comme la prolongation de ma vie actuelle : il n'y a personne autour de moi maintenant, il n'y en aura pas davantage après, et je ne ferai rien de moins dans ma tombe que ce que je fais présentement. On dit bien « repos éternel », non ? N'est-ce pas ce que je fais déjà : ne rien faire ? J'ai l'impression que lorsque je mourrai, je ne m'en apercevrai même pas, il n'y aura pas de différence, à part peut-être une lenteur plus généralisée, un silence plus lourd, et une sensation de calme qui m'emplira soudain.

À propos de Frida

Quelques jours après la mort de Frida, je montai dans les combles du Manoir. J'y avais fait fermer une dizaine de petites pièces qui me servaient de rangement. Garde-meubles, penderies, coffres : les vieilleries s'entassaient dans les premières salles, tandis que je réservais les dernières à mes femmes. Chacune avait son espace, dans lequel étaient préservées quelques babioles qui me replongeaient à l'époque de nos ébats. Il y avait, par exemple, un cagibi destiné aux costumes de scène d'Abigaëlle, et j'avais reproduit, dans un autre, le laboratoire de Constance. Il y avait même un espace consacré à Mercredi, dans lequel j'avais disposé la bergère en tapisserie rose qui était autrefois dans la chambre de ma mère, à la Pourvoirie, ainsi qu'une table basse sur laquelle trônait son fameux journal. À la mort de Frida, j'avais fait dégager un quatrième placard, mais je ne m'étais pas encore occupé d'y ranger les menus souvenirs qu'il me restait d'elle.

Après une brève visite dans l'officine de Constance, dont la puanteur de plantes et de mixtures croupies me donnait la nausée, et un passage un peu plus long entre les chaussons d'Abigaëlle, je m'approchai du placard que je réservais à Frida. J'avais demandé aux valets d'y monter le meuble de bois massif qui faisait office de penderie dans la chambre de la défunte, de même que la coiffeuse qui y était assortie. Quand j'entrai dans la pièce, on y étouffait déjà, tant l'espace était étroit et les meubles larges. Je transportais une valise dans laquelle j'avais placé, avant les funérailles, les objets que je souhaitais conserver. Faute d'espace, je la posai sur la coiffeuse et, sitôt que je l'ouvris, une bouffée de parfums capiteux m'enveloppa. Les corsets avaient conservé leur odeur de poudre et de transpiration : chaque fois que je prenais un sous-vêtement pour le suspendre dans l'armoire, je me plongeais le nez dedans, respirant les dessous pour m'imprégner de leur senteur. Chacun me remémorait un instant précis, celui-ci une crise de larmes dans la chambre aux miroirs, celui-là des retrouvailles animales après une dispute. Une énorme guêpière de satin bleu me rappela un soir de juin où, uniquement vêtue de ce corsage et de jarretelles grises, Frida était entrée dans la salle à manger et, s'appuyant sur la table, m'avait présenté son prodigieux postérieur, attendant que je lui rende hommage. Cette croupe épaisse, flasque, blanche, livrée à moi avec l'humilité qu'une belle femme n'aura jamais, m'avait fait durcir d'un coup, et, dans la penderie, je me souvins du bonheur que j'avais eu à la posséder ainsi, sachant que, dans les pièces avoisinantes, des domestiques collaient l'œil à la serrure et s'étonnaient du plaisir que ce corps adipeux me procurait.

Notre union en avait surpris plusieurs, à commencer par le personnel de ma maison, qui ne comprit pas que je choisisse une femme à ce point imposante et émotive, alors qu'Abigaëlle avait été stoïque et délicate. Les délires hystériques de Frida dérangeaient les bonnes et, bien que je la défendisse un temps – ses inquiétudes irrationnelles me paraissaient faire partie de son charme –, je finis moi-même par me lasser de son tempérament. Elle était perpétuellement en proie à des élans de désespoir qui l'attachaient à moi d'une manière pathétique. Les colères vécues en mon absence se soldaient par des retrouvailles humides où son corps énorme s'agrippait au mien comme si j'eusse pu le sauver de quelque chose ; ces sautes d'humeur enrageaient mes domestiques et épuisaient Frida, qui se mit à manger outre mesure. Elle engraissa encore. J'aimai l'amplitude que prit alors sa taille. J'avais l'impression de posséder davantage, parce qu'elle était plus grosse. Il me plaisait particulièrement de voir ses chairs abondantes contraintes, modelées par les guêpières rigides que je faisais faire sur mesure pour elle. Par-dessus tout, j'aimais les transitions entre le corset et le corps libre : la transformation de sa silhouette était telle qu'on eût dit deux femmes différentes.

À l'exception de quelques bijoux clinquants qui lui plaisaient particulièrement, je ne souhaitais conserver de Frida que les dessous. Après avoir rangé la douzaine de corsages dans la penderie, j'extirpai de la valise la guêpière qu'elle portait le jour de sa mort. Je la manipulai avec soin et la posai dans un écrin doublé de velours rouge qui siégerait sur la coiffeuse. Brodé de fil d'argent et serti de perles, le corset était une pièce de collection qui avait su avantager la silhouette corpulente de Frida sans en diminuer la rondeur, et qui avait magnifié ses courbes en estompant un peu sa mollesse générale. Obtenir ce vêtement avait nécessité beaucoup de travail, et c'est finalement le couturier de l'Opéra de la Cité, renommé pour ses costumes audacieux, qui s'était chargé de sa conception. Petit homme adroit, il était habitué aux extravagances, mais ne travaillait que très lentement. Comme j'avais nombre d'exigences concernant cette pièce, il fallut attendre plusieurs semaines avant que je l'aie en main. J'avais d'abord demandé qu'entre la soie extérieure et la doublure de coton, il y ait non seulement deux épaisseurs de coutil plutôt qu'une, mais également une épaisse couche de cuir afin d'assurer un maximum de rigidité. Les œillets devaient être renforcés ainsi que toutes les coutures, et je voulais un busc à l'ancienne, en un seul morceau, de telle manière que le corset ne puisse s'ouvrir à l'avant. J'avais aussi exigé que le tour de taille soit exceptionnellement petit par rapport à la largeur de Frida ; il me semble bien qu'il avait fallu trois femmes de chambre pour attacher le corset et que, lorsqu'elles en vinrent à bout, une bande de peau large d'une vingtaine de centimètres paraissait encore à l'arrière du vêtement.

En plaçant le corset dans l'écrin, je remarquai quelques taches collantes sur le busc qui s'avérèrent être du coulis de framboises. Le soir de sa mort, j'avais fait servir pour Frida un grand banquet de pâtisseries. Elle avait toujours raffolé du sucre, aussi, pendant toute la soirée, des valets avaient défilé, chargés de plateaux de tartelettes, de gâteaux à étages, de meringues, de macarons, de massepains et de confiseries. L'ivresse aidant, elle avait dû tacher sa guêpière alors qu'elle engloutissait des bavarois au chocolat et à la pistache que le chef servait dans une assiette nappée de coulis. Les éclaboussures me rappelèrent à quel point Frida avait mangé ce soir-là et combien son corset l'étouffait à la fin du repas. Quand je l'avais amenée dans le grand lit, elle s'était étendue sur le ventre et n'avait plus bougé, ronde d'avoir trop mangé, déjà à demi assoupie. Je m'étais agenouillé entre ses énormes jambes et, penché au-dessus d'elle, j'avais défait la boucle, tout en bas des œillets. Puis, m'enfonçant en elle, j'avais entrepris de serrer le corset jusqu'à ne plus voir de peau entre les deux bandes de tissu. Quinze minutes plus tard, Frida était morte.

Soigneusement, je fermai le couvercle en verre de l'écrin. Je posai à ses côtés, dans un petit coffre de nacre, l'unique lettre de Frida et, emportant la valise avec moi, je jetai un dernier coup d'œil à la pièce. En poussant la porte, j'espérai que l'odeur étourdissante des dessous emplirait toujours l'air lorsque je l'ouvrirais à nouveau.

PHÉLIE LÉANORE

Ingénue. Les jambes sont nues et les pieds enfermés dans des bottines à la garçonne lacées jusqu'au-dessus des chevilles. Les seins libres paraissent sous la robe de voile rose. Le corps est athlétique, parfaitement découpé, on le voit à travers les vêtements. Le col de la robe, serré autour du cou, accentue la largeur des épaules et la masculinité du buste.

La force générale du corps étonne. Solidité du dos même cambré, fermeté des cuisses, des fesses, du ventre. Résistance générale à l'effort physique et à la douleur qui surprend chez une femme essentiellement cérébrale. Ni le père, horloger verdâtre, ni la mère, convalescente chronique, ne laissaient présager une telle endurance.

J'écris. Seulement ça, c'est déjà un geste drôle pour moi. Je ne suis pas quelqu'un qui devrait prendre un crayon et écrire. Je n'ai pas le talent de présenter les choses pour les rendre intéressantes. Je suis quelqu'un qui aime comprendre les mécanismes, les rouages des objets. Par exemple, quand je vais au théâtre, j'essaie de voir comment ça fonctionne derrière. Je veux repérer les indices qui montrent que tout est calculé, mais que tout est faux. Je n'ai pas ce qu'on appelle «de l'imagination». Mais le plus drôle, c'est que je dois écrire sur moi. Je ne sais pas comment faire ça. Féléor dit que ça n'a pas d'importance. Qu'il suffit de commencer par écrire «J'écris» pour que le reste des mots apparaissent sur la page. «Tout ce qu'il faut, c'est ne pas laisser la page blanche.» J'ai écrit «J'écris» dans le haut de la feuille, puis j'ai dessiné les rouages de l'écrivain-automate de Jaquet-Droz. Après, j'ai réussi à écrire un peu plus. Jusqu'ici.

Féléor m'a demandé d'écrire un journal parce que je lui ai dit qu'il pourrait me tuer un jour. «Quand je l'aurai décidé.» C'est une précision que je trouvais importante. Il ne savait pas que j'avais compris qu'il était le meurtrier de ses premières femmes. Je lui ai dit que je savais déjà ça avant de l'épouser. Tout le monde le sait, mais il est trop riche pour qu'on s'en prenne à lui. « C'est un monde comme ça aujourd'hui. » Voilà ce que je lui ai dit. Il n'aime pas que je dise ces choses-là. Il préférerait que le monde ne soit pas ce qu'il est. C'est un meurtrier idéaliste, il voudrait être le seul. Il n'aime pas que des gestes comme donner la mort soient traités banalement, de la même façon que broder une nappe ou cirer des chaussures. Je lui ai dit que c'était partout la guerre, et que mourir dans un lit en faisant l'amour, ce n'était pas pire que de mourir sous une bombe ennemie ou sous un camion. Ensuite, j'ai parlé de sa nouvelle importation de champagne millésimé. Ça l'a agacé, mais je fais un peu exprès.

Un jour, au collège, quelques filles ont parlé de lui en lançant plein d'hypothèses ridicules à propos de la mort de ses femmes. Ça m'a intriguée, j'ai commencé à fouiner pour savoir qui il était vraiment. J'ai rencontré une dame, une domestique de sa maison. Elle m'a parlé de journaux intimes, écrits par ses femmes avant qu'elles ne meurent. Elle les avait lus. Je ne sais pas pourquoi. Même moi qui suis sa femme, je n'ai jamais vu les journaux des autres, mais elle, elle les avait lus. Elle lira le mien aussi. Quand j'ai compris pourquoi il tuait ses épouses, je l'ai séduit, en disant que je voulais qu'il me fasse l'amour en serrant mon cou jusqu'à ce que j'en tombe dans les pommes. Tout de suite, il a accepté. Plus tard, je l'ai épousé, précisément parce qu'un jour je pourrai lui demander de me tuer, et que ce jour-là, il acceptera. Je trouve ça séduisant, chez un homme, le désir contenu jusqu'à ce que la femme accepte de l'assouvir. La tension qui monte me divertit. C'est une chose sans rouages, le désir. Ça ne répond à aucune logique. J'aime savoir que je contrôle le sien. Je pourrais le faire attendre comme ça pendant six jours ou pendant dix ans. Il ne sait pas quand viendra la demande, mais il sait qu'elle viendra. Pour lui, c'est pire d'attendre sans rien faire. À moi, ça me donne un pouvoir très grand. Au lit, il me tient à la gorge et c'est quand même moi qui le domine. C'est moi qui choisirai le moment de sa jouissance absolue, et lui peut juste me prendre dans l'espérance que ce moment arrive rapidement. Parce qu'il ne me tuera pas sans que je le lui aie demandé.

J'écris dans un bureau très petit qui devrait plutôt servir de garde-meuble. J'ai dit à Féléor que pour écrire, je devais m'enfermer quelque part et ne pas être dérangée. Depuis, je dessine des rouages dans les marges de ce cahier et sur toutes les feuilles qui me tombent sous la main. Depuis quatre heures et demie que je suis assise dans ce placard et je n'en suis encore qu'à ces quelques lignes. C'est un geste singulier que de tenter de traduire sa pensée en mots. Jamais il n'y a de mots assez précis pour la précision d'une pensée.

Par exemple la pensée « meurtre ». Féléor dit qu'il faudrait que j'explique le sentiment d'indifférence que j'ai à l'idée de quelqu'un qui enlève la vie de quelqu'un d'autre. Mais il n'y a pas de mots qui réussissent à expliquer vraiment ce que j'en pense. La mort et la violence sont des choses qu'on doit absolument voir comme mal, mais moi elles ne me gênent pas. Les gens pensent que cette indifférence-là naît dans l'horreur. Comme si la dureté du monde devenait une habitude. Je ne crois pas que ce soit vrai. Je pense que la violence fait partie de l'harmonie de la vie. C'est quand il n'y en a pas qu'on s'habitue le mieux à elle, parce qu'alors l'esprit doit l'inventer pour que les choses restent en équilibre. Ce mécanisme-là marche comme n'importe quel autre. Dans un milieu protégé du mal, l'absence de violence fait du danger quelque chose d'inconnu. Que cette chose-là soit inconnue engendre la peur. La peur d'un danger fait en sorte que ce danger est imaginé très souvent. Il ne survient jamais. À force de penser à ce danger, le cerveau transforme la peur en autre chose. De la curiosité, j'imagine. L'envie de savoir ce qu'il y a derrière cette chose-là qui est imaginée sans arrêt. Alors le danger devient une obsession qui n'aboutit jamais à rien. Les pensées sont toujours celles de la violence. Elles deviennent un fantasme qui ne se réalise pas. Ou parfois, oui, il se réalise, mais seulement à moitié, en jeu, dans un environnement contrôlé, comme dans le lit où Féléor m'étrangle pendant le sexe.

Et voilà la preuve de ce que je dis sur l'écriture. Je ne sais pas écrire. Je me relis, et ce que j'écris ici est vrai, en même temps que ça ne l'est pas. Dans l'espace d'une pensée, toutes les nuances sont évidentes. En mots, elles ne le sont pas. Il ne faut jamais essayer de dire les choses qu'on pense en espérant qu'elles seront logiques pour quelqu'un d'autre. Quand j'écris « sentiment d'indifférence », on dirait que je suis d'accord avec l'idée de meurtre. Je ne le suis pas. En même temps, je comprends les meurtres de Féléor, et pour moi ils ne sont pas de vrais meurtres, mais des illusions de meurtres. Du théâtre. Même si les femmes sont vraiment mortes. Même si après qu'il m'aura tuée je serai morte aussi. Je ne me relèverai pas pour qu'on recommence, comme quand je tombe dans les pommes pendant qu'on fait l'amour. Ça reste du théâtre parce que c'est jouer à la mort violente, sans que ça en soit une. C'est une mort choisie et mise en scène. Si violente qu'elle soit, elle n'est pas un vrai meurtre. Il reste des rouages apparents, le journal ou la lettre, par exemple. Quand même, je comprends les autres femmes d'avoir choisi cette mort-là qu'elles ont attendue toute leur vie. Je l'ai choisie aussi, à retardement, pour faire durer le plaisir, même si rien ne pourra la rendre entièrement vraie.

Je pense que ce qui me dérange le plus, c'est qu'on en fasse tout un plat. Mais ça fait nécessairement partie du jeu. Pour rendre plus vrai le théâtre, il faut des gestes qui lui donnent l'air grave. Pour moi ce n'est pas grave. C'est ce qui fâche Féléor. Je trouve ridicule d'écrire ce journal. Je ne sais pas écrire bien. Je n'aime même pas ça. Féléor veut que j'écrive pour qu'il reste une trace. Je ne trouve pas que c'est nécessaire. Quand j'étais petite, je jouais à construire des maisons en blocs, il n'en restait jamais de trace, à part en moi. Ça me suffisait. Ça me suffit encore. Mais les mots font partie du mécanisme de Féléor. Il est comme les automates, il ne fait les gestes qu'une fois tous ses rouages bien en place. Avant de tuer, il a besoin de se voir comme un personnage de livre, il a besoin de savoir qu'il existe dans les mots de quelqu'un d'autre.

J'ai décidé d'écrire aujourd'hui pour lui faire croire que je le laisserais me tuer bientôt. Ensuite, il devra attendre encore longtemps. Plus il y aura d'impatience dans ses gestes, plus ma mort ressemblera à une vraie mort violente. Peut-être que la curiosité de voir ce qu'il y a derrière la peur sera alors assouvie. Je ne crois pas que ce soit possible. Je crois que lorsqu'on rêve trop longtemps le danger et le mal, plus rien, même la vraie violence de la vraie vie, ne peut sembler réel ou grave. C'est la même chose qu'avec l'amour, les espoirs, les peurs. Les choses auxquelles on pense trop deviennent fausses. Leur réalité est cachée derrière l'idée qu'on s'en est faite.

Je vais dire à Féléor que j'ai écrit ce que j'avais à écrire. Il m'a promis qu'il ne lirait pas mon journal avant que je sois morte. Il ne pourra donc pas savoir que je n'ai pas raconté ma vie avant qu'il me l'enlève. C'est une idée qui me fait rire. C'est pour ça que j'arrête ici. Sur les autres pages, il n'y aura rien d'autre que des rouages dessinés, engrenés les uns dans les autres. Un par jour jusqu'à ma mort.

À propos de Phélie

Il y avait à la pourvoirie de mes parents un boudoir qu'on appelait le Salon des Portraits. La pièce était meublée de fauteuils capitonnés dont le cuir mat, teint fauve et légèrement usé, s'harmonisait avec les trophées de chasse accrochés entre les fenêtres et conférait à l'endroit une aura masculine qu'on ne trouvait nulle part ailleurs dans la maison. J'y passai nombre d'heures, entre sept et dix ans, que je consacrai à étudier les bois des grands cerfs et les portraits qui leur faisaient face. Sur un mur long comme un corridor étaient représentés des hommes peints dans des cadres champêtres, ici entourés de dogues noirs, là courant le cerf, le daim, la bécasse, le pipeau. Leurs noms apparaissaient sur des plaques astiquées, je m'amusais à les chercher à travers l'arbre généalogique des Rü qui était tapissé sur l'un des murs transversaux. Parfois, lorsque je savais mes frères et parents occupés ailleurs pour un long moment, j'observais l'autre extrémité de la pièce, où se dressait, occupant le mur sur toute sa hauteur, le portrait de Freïdren Rü, vingtième Grand Veneur de l'État et parent duquel provenait l'essentiel de la fortune familiale. Ces moments de contemplation revêtaient un aspect clandestin, car l'admiration que mon père vouait à son ancêtre faisait de son portrait une sorte de relique sacrée. L'œuvre en question représentait un homme, vêtu de zibeline et entouré de trois grands chiens blancs, se tenant à l'avant-plan d'une fresque de chasse qui me troublait vivement parce qu'on y courait le loup. J'éprouvais une violente fascination pour le Grand Veneur, dont on racontait qu'il mangeait le cœur et certains viscères de ses prises pendant la curée, mais mon émoi venait également de la brutalité de la louveterie illustrée derrière lui. Les canidés s'entredévoraient, chiens d'un côté, loups de l'autre, tandis que des hommes sonnaient du cor sur leur destrier éclaboussé par le sang des bêtes. Freïdren Rü, imperturbable, ignorait le carnage et me fixait avec superbe.

C'est ce regard froid, et avec lui l'ensemble du Salon des Portraits, qui me revint en tête lorsque Phélie déclara qu'elle souhaitait mourir lors d'une chasse. Rendu méfiant par le fiasco de mon mariage avec Frida, j'avais choisi Phélie pour ses prédispositions érotiques claires et assumées. Elle énonçait ses désirs précisément, sans pudeur ni complaisance, et quand elle parla de la chasse, elle me décrivit méticuleusement la poursuite urbaine qu'elle envisageait. Je l'écoutai sans dire mot, séduit par le naturel avec lequel elle échafaudait une mort que j'attendais depuis des années. Cependant, alors que ses scénarios mettaient essentiellement en scène une demoiselle fuyant son assaillant dans un dédale de ruelles, je me figurai une chasse à courre digne de mon aïeul. Pendant les semaines qui suivirent, je rêvai souvent que j'étais à la tête d'une meute énorme, poursuivant Phélie qui prenait tour à tour les traits d'une oie blanche et ceux d'une biche. Ces songes m'obsédèrent tant et si bien que, lorsque nous nous rendîmes à l'Opéra de la Cité, le 17 décembre, pour un spectacle de prestidigitation au terme duquel la chasse devait avoir lieu, j'avais passé une grande partie de l'automne à dresser quelques chiens que je cachais en campagne, chez un veneur de renom.

Je passe les détails concernant la représentation, dont je ne me souviens guère sinon qu'elle m'irrita au plus haut point, le magicien n'en finissant plus de découper ses assistantes. Quand, enfin, la dernière fut décemment démembrée et recollée, la salle se vida sur la Grand-Place, les gens du parterre se mêlèrent à ceux des loges, Phélie et moi parmi eux. Nous avions convenu de nous séparer à la sortie de la salle et Phélie, ignorant que la chasse serait une chasse à courre, avait exigé vingt-cinq minutes d'avance. Elle prit les devants et disparut dans la foule, je la laissai partir et, dès qu'elle fut hors de vue, je me précipitai pour récupérer mon cheval et mes chiens, que j'avais fait livrer au Manoir pendant notre absence.

J'avais choisi pour chef de meute un braque de Weimar véloce, dominateur, que le veneur avait dressé fermement et que j'avais fini de mater afin qu'il n'obéisse qu'à moi. Je l'avais préféré à des meneurs plus expérimentés parce que sa robe argentée, rase, serait particulièrement visible la nuit, même sous le faible éclairage des réverbères. Deux lévriers du Pharaon le suivaient partout, on eût dit des ombres rouges, diaboliques, d'une sauvagerie contenue tant leur port et leur démarche trahissaient une agressivité qu'un seul ordre suffisait à déchaîner. Un rouge du Hanovre, plus petit, se tenait à l'écart, l'air paresseux aux côtés de ces trois bêtes musculeuses et constamment à l'affût. C'était un animal trapu, indépendant, désagréable, mais le veneur m'avait assuré qu'il serait indispensable lors de traques à l'odeur, aussi me l'étais-je procuré sans hésiter. Le joyau de cette petite meute demeurait toutefois un lévrier berbère haut comme un âne, dont on ne voyait plus que les yeux une fois la nuit tombée, tant son pelage dru était noir. Ce chien exaltait ma propre férocité, et quand je le lâchai, avec le reste de la meute, dans les rues de la Cité, je sentis s'élever en moi l'instinct sanglant de mon ancêtre. Je montai en selle et partis au galop, suivant la silhouette grise du braque, qui tournait déjà boulevard Les Mires, l'ombre rousse des pharaons à peine discernable derrière lui.

Rapidement, je rattrapai les bêtes, les devançant pour les guider vers l'endroit où Phélie et moi nous étions séparés. Devant l'Opéra, la foule s'était dispersée, il ne restait qu'une dizaine de passants et un petit groupe de viveurs qui buvaient bruyamment dans un coin de la Grand-Place. Je me postai près de la fontaine, restant en selle tandis que les chiens se dispersaient pour chercher la trace olfactive de ma femme. Le temps sembla se suspendre tandis que les bêtes entraient dans les ruelles et en sortaient, flairant des milliers de pistes sans détecter la bonne. La nuit avançait sans qu'ils la repèrent, une rage sourde me tenait droit malgré des relents d'ivresse, l'agressivité des chiens m'enflammait et je me surpris à désirer la mort de Phélie comme j'aurais souhaité celle d'un animal mystique – un éléphant blanc ou un cerf à trois bois –, non seulement pour le plaisir du meurtre, mais en me figurant ce sacrifice comme la métaphore d'un geste plus grand. L'horloge du campanile sonna une heure. Il se mit à tomber une neige pâteuse qui collait aux vêtements, mais fondait sur le pelage ras des mâtins, et la température chuta. Les chiens écumaient, une buée blanchâtre s'exhalait de leur robe rendue moite par l'effort et quand, enfin, le braque halena Phélie et rappela à son côté les quatre autres bêtes, il poussa un hurlement terrible qui effraya les derniers passants. Les pharaons se précipitèrent au-devant du grand chien gris, lui ouvrant le chemin comme à un empereur, et l'escadron s'engouffra dans une ruelle étroite où je le suivis avec peine. Les ordures s'empilaient dans la cour arrière des échoppes, mais malgré la puanteur, les bêtes flairaient le sol, la truffe dans les caniveaux, pour ne pas perdre les erres de Phélie. Enfin, nous débouchâmes sur l'avenue Millet et les chiens se déployèrent sur toute la largeur de l'artère, avançant lentement parfois, puis s'élançant vivement quand la piste, tout à coup, gagnait en précision.

Sur l'allée de la Guigne, leur course s'accéléra. Les maisons défilaient, les rues s'enchaînaient, gauche sur Saint-Sultan, une ruelle, gauche encore sur Aslan, droite sur des Mites, une autre ruelle, le boulevard Grimm, la rue Linotte. Je songeai, en pénétrant le Quartier Gris, qu'il n'était pas étonnant que Phélie ait choisi le secteur des maisons closes pour se réfugier. En fait, cela me sembla si prévisible que j'en fus irrité. Cette déception excita encore ma soif de sang et je malmenai les chiens, qui avaient ralenti. Ils s'étaient divisés, reniflant à gauche et à droite le seuil des immeubles de la rue, tentant de débusquer ma femme, qui devait bien s'y cacher. Bientôt, le rouge du Hanovre se braqua devant une guinguette et cessa de bouger. Les lévriers le joignirent et, rapidement, tous les chiens furent en position d'arrêt devant un café dont l'enseigne décrépite annonçait Le Lunier. Je grattai un peu de la crasse collée contre la fenêtre et approchai le visage de la vitre, tentant de voir à l'intérieur, en dépit du rideau de saleté. L'ambiance lugubre de l'endroit me plut, ce bar détonnait par rapport aux établissements colorés qui bordaient le reste de la rue. Trois gros hommes buvaient au comptoir, leur foulard de laine serré contre leur gorge, deux autres, devant l'âtre, fumaient la pipe et discutaient hargneusement, un dernier dormait, la tête dans les bras, appuyé contre la carcasse d'un piano mécanique visiblement hors d'usage. La pièce était tenue dans la pénombre par des becs de gaz agonisants, je ne voyais Phélie nulle part, mais je m'amusai à l'imaginer dans cette taverne, livrée aux regards concupiscents des ivrognes. Je préférai ne pas entrer et me cachai dans la cour intérieure d'un établissement voisin, attendant que ma proie se livre à moi d'elle-même.

À nouveau, le temps sembla s'éterniser. J'avais froid, une fine couche de transpiration gelée figeait mes vêtements. Je pensai à Phélie, à notre rencontre et au long chemin qui nous avait menés à cet instant. Elle m'avait laissé languir exprès, proposant cette chasse après six années de mariage qui me semblèrent soudain n'être que d'interminables préliminaires à cette nuit de traque et de sang.

Au bout d'un long moment, il y eut un mouvement dans la cour arrière du Lunier. Tout de suite, le rouge du Hanovre dressa les oreilles et changea de posture, mais ce n'était sans doute que le tavernier, car la porte se referma sans que les chiens s'agitent davantage. L'attente me rendait agressif : il m'était impossible de voir, depuis notre cachette, ce qui se déroulait sur le terrain voisin, aussi ne pouvais-je me fier qu'à l'odorat des mâtins. Je me trouvai dans le même état de tension alerte qu'eux, je faisais corps avec la meute, réagissant au moindre changement corporel des chiens. Trois heures sonnèrent, puis le quart, la demie. Les trois quarts venaient de retentir quand la porte grinça à nouveau. Cette fois, les cinq bêtes se dressèrent d'un bond, hérissées, tendues. Elles ne bougèrent pas quand je poussai le portillon qui donnait accès à la ruelle. Je me souviens précisément du grincement qu'il émit en roulant sur ses gonds. Des pas précipités résonnèrent entre les maisons et, craignant que Phélie nous échappât, j'ordonnai aux chiens d'attaquer. Jappements, cris, grognements des mâtins et râles de ma femme, assaillie par la meute et sans défense : un grand tumulte emplit la ruelle. Je laissai les bêtes se défouler, mordre, attaquer, puis je les rappelai à moi. Elles obéirent aussitôt, laissant Phélie étendue par terre, pantelante.

Je m'approchai, la silhouette noire du lévrier berbère comme une ombre à mes côtés. Phélie, écharpée par la meute, tentait de se redresser. Je la regardai ramper vers la porte close d'une maison de passe, elle avait atteint l'embrasure quand, d'un hochement de tête, j'ordonnai au berbère de la retenir. En un bond, l'animal fut sur elle, ses crocs s'enfoncèrent dans la chair dénudée de l'épaule, Phélie gémit tandis que le diable noir la tirait vers moi. Je m'agenouillai devant elle et arrachai les derniers vestiges de sa robe, puis, sortant une dague à double tranchant que j'avais achetée pour l'occasion, je déchirai la lingerie en tremblant, rendu maladroit par la brutalité de mon désir, qui me fit couper la peau en même temps que les dessous. Phélie gisait nue, blessée au flanc droit par l'arme, aux chevilles, aux poignets et aux genoux par la meute. La neige blanche était partout maculée de sang, les yeux rouges du lévrier brillaient dans la nuit, je pensai devenir fou de plaisir en plaquant ma bouche sur la blessure. Phélie gardait les yeux grands ouverts, les crocs du mâtin arrachaient sa peau et d'épaisses coulées rouges tombaient de la gueule de l'animal, l'odeur du pelage mouillé de la bête se mêlait à celle des chairs meurtries, la puanteur de la ruelle me fit tourner la tête, je mordis Phélie à mon tour et la sentis trembler, son essoufflement amplifiait ma volupté et je me mis à la frapper férocement quand, dans un dernier élan, elle tenta de se débattre. Maintenant que j'y repense, il me semble qu'elle le fit sans conviction, comme un geste posé, feint. J'appelai le reste de la meute en renfort, les chiens la saisirent à pleine gueule et l'immobilisèrent, leurs mâchoires implacables comme des étaux ; je plantai ma verge en elle et la martelai violemment, puis je repris ma dague et, d'un geste ample, j'allais l'abattre sur la gorge de Phélie quand elle soupira tristement : « Ça reste du théâtre. »

La jugulaire fut tranchée net. Autour de moi la meute hurla d'une seule voix, je me retirai, poisseux de cyprine et de sang, et regardai se convulser le corps de Phélie. Quand elle eut fini de tressaillir, je l'enroulai dans un drap qui se tacha au contact du corps et la montai sur mon cheval. L'excitation tomba d'un coup. Je me sentis très las soudain, je grimpai en selle et, devancé par les chiens qui s'étaient lavés dans la neige, je regagnai ma demeure au moment où l'aurore commençait à éclairer les toits de la Cité.

Lottä Istvan

Robe blanche. Pieds d'enfant, nus dans des escarpins de grande dame. Bijoux, sac de satin paré de cristaux, maquillage adroit qui illumine la peau. Renversante beauté.

Les cheveux sont très longs et roux, la peau diaphane rougit sous le moindre rayon : fragilité de rouquine également caractérisée par la quasi-inexistence des cils et des sourcils. Les poils blonds sont à peine visibles, le duvet des aisselles et du sexe emprisonne l'odeur de savon et les parfums corporels. Il est agréable d'enfouir le nez dans cette toison jamais taillée.

15 ans

« Ta beauté sera la perte des hommes. »

Même à l'agonie, tellement qu'il fallait se pencher très près de sa bouche pour l'entendre (et la bouche d'une mourante empeste plus que celle d'un soûlard), maman prophétisait encore : « Ta beauté sera la perte des hommes. » C'est ce que je me rappelle en tout cas, sauf que c'était il y a longtemps et je ne voulais pas m'approcher trop près à cause de l'odeur, alors le souvenir des mots n'est peut-être pas exact. Ce que je sais avec certitude parce que je l'ai encore, c'est qu'elle serrait dans sa main un arcane majeur, la carte numéro quinze de son précieux tarot, celle du Diable, en répétant « toi, toi, toi » et en me regardant avec des yeux qui n'étaient plus les siens, parce que dévorés par la fièvre et je ne sais pas quel autre mal. Cette fièvre-là la brûlait vive dans son lit, elle se frappait la figure avec la carte qu'elle avait qualifiée de « maléfique et sublime » avant, elle ne pouvait dire que « toi », regarder le Diable, me regarder moi, et se frapper encore jusqu'à ce que papa entre dans la chambre et lui prenne les mains. Ce n'était plus ma mère, c'était autre chose, une créature déjà plus morte que vive et franchement répugnante ; même papa, qui l'avait profondément aimée, ne s'en approchait qu'avec dédain, et c'est cette nausée d'homme qui a achevé de me dégoûter d'elle. Ce jour-là, maman n'était plus rien – plus une femme en tout cas –, elle a fixé papa, comme épouvantée, elle a dit « pauvre homme » et elle est morte.

*

Quand j'étais toute jeune, maman s'assoyait dans mon lit et, me caressant les cheveux, elle me racontait que ses mère et grand-mère, vers la fin de leur vie, avaient la capacité de lire dans le grand livre de la Destinée ; elle me décrivait de quelle manière elles entraient en transe et prenaient la voix des Parques, maîtresses du Destin, pour prédire l'avenir, mais je sais désormais que ce n'était là que la manifestation de leur folie, je sais qu'elles aussi sont mortes en état de démence. Moi qui suis la dernière, je ne crois pas aux tarots et ne vois rien dans les nœuds des branches ou dans les fonds de tasses ; cependant, la prophétie de ma mère est mon seul héritage et je la porte désormais en moi comme un mensonge qui m'effraie et m'attire par-dessus tout. Chaque année depuis sa mort, le jour de mon anniversaire, je pige une carte dans son jeu pour l'épingler ensuite sur le mur de ma chambre. En dessous du Diable (XV), qui veille sur elles toutes, s'étend le tarot de ma vie depuis mes douze ans. Ce ne sont encore que trois arcanes, mais j'ai réussi à leur inventer un sens, comme si les instructions de maman, pour l'année à venir, étaient tout entières tracées dans ces images cartonnées que je pige une fois l'an.

Sous le Diable, pour l'heure, siègent chronologiquement l'Ermite (IX), l'Étoile (XVII) et le Bateleur (I). Je ne sais pas ce que ces cartes veulent réellement dire, alors je leur ai inventé un langage qui n'est pas celui du véritable tarot, mais qui est le mien. L'Ermite, avec sa barbe et son bâton, ressemble à un prophète ou à un prêtre, je l'ai pigé le jour de mes douze ans, et aussitôt j'ai pensé au curé qui venait de mettre maman en terre ; en voyant la lanterne à sa main, j'ai imaginé une lumière chaude posée sur mon chagrin, j'ai rêvé de me réfugier dans cette chaleur, j'ai voulu passer l'année près du curé ; ce que j'ai fait d'ailleurs et sans que papa m'en empêche, parce que lui vivait son propre désespoir et préférait qu'un autre s'occupe du mien. À côté de l'Ermite, la femme nue de l'Étoile vide ses cruchons dans une rivière de traits ondulés. J'ai beaucoup réfléchi à ce corps nu de femme sans comprendre pourquoi je le pigeais à treize ans, en me répétant qu'il devait pourtant y avoir un sens, que je devais le trouver, parce que cette carte était, d'une certaine façon, le signe de la présence de maman, avec laquelle je souhaitais par-dessus tout garder un contact. Quelques mois plus tard, j'ai eu mes premières règles, ça s'est passé un jour où j'étais à la plage avec les enfants de ma tante ; après la surprise, la rage et l'humiliation du regard de mes cousines sur mes jambes souillées, j'ai repensé au corps dévêtu de l'Étoile et à l'eau qui coulait comme le sang entre ses cuisses, ça a été un soulagement de trouver un sens à la carte, d'y lire le présage de ma naissance au monde, celui de mon corps enfin livré aux hommes parce que libéré par le sang des derniers relents d'enfance et de petitesse. C'est comme si la voix de ma mère m'avait encouragée à poursuivre cette idée-là de piger dans le tarot pour donner un sens à ma vie. Sur le dernier arcane de mon mur, il y a aussi du sang, il est dans la coupe du Bateleur, ce pourrait être du vin également, mais quand j'ai pigé la carte et que je l'ai lue, j'ai tout de suite pensé « sang » et je l'ai interprétée de cette façon, comme l'un des outils que la femme doit développer pour être reconnue comme telle par les hommes et surtout par les autres femmes. Le Bateleur est debout derrière un établi ; il a, devant lui, une épée, de l'argent, une coupe et un bâton ; j'ai compris l'épée comme l'esprit, la coupe comme la féminité, le bâton comme la force, l'argent comme la séduction, et j'ai travaillé toute l'année à maîtriser ces armes qui feront de moi une femme du monde et me protégeront peut-être d'une agonie semblable à celle des femmes de ma maison.

Aujourd'hui, je dois piger l'arcane de mes quinze ans. Je le fais en suivant chaque fois le même rituel, en répétant les dernières paroles de maman, en me les remettant en bouche pour qu'elles finissent par m'appartenir vraiment ; il faut que je garde sa prédiction en tête pour interpréter la carte que je pigerai et la place qu'elle occupera dans l'ensemble du jeu.

*

La Force (XI). Drôle de présage que cet arcane, avec sa grande dame vêtue de bleu et de rouge, cape et chapeau, blondeur, visage calme de pureté tranquille, une pureté qui ne ferait rien d'autre que lire des livres pieux, mais qui, pour le tarot, tient grande ouverte la gueule d'un lion, comme si c'était normal, la nature même, une femme au visage d'ange qui plonge à deux mains dans la gueule du roi des rois sans même s'abîmer les doigts sur ses crocs. Peut-être ce lion est-il un homme dont j'ignore encore les traits, et alors la carte est un avertissement de ma mère, un appel à la vigilance : « Dresse-le avant qu'il ne te dévore. » Peut-être aussi que le calme de cette figure possède une autre signification, peut-être veut-il dire que la femme qui connaît ses atouts peut maîtriser son destin, le tenir tranquille, à bout de bras, sans craindre d'être tout entière engloutie par lui. C'est à l'année de le dire.

16 ans

Jour de pige. Je ne parviens pas à mener le rituel sans penser aux regards désespérés que me lance papa tous les soirs depuis des mois. Pendant l'année, les prédictions de maman ont pris une orientation à laquelle je n'avais pas pensé, celle de l'œil concupiscent que mon père pose sur moi. Il y a l'horreur, certes, venue de ce désir d'homme pour son propre enfant, mais il y a aussi la tristesse de savoir que mon corps est sa souffrance, sa douleur à lui qui l'a pourtant engendré, soigné et chéri. J'aurais préféré que la prophétie de ma mère ne le concerne pas, je ne veux pas de son désir, de son appétit pour mes seins neufs ou mes cheveux que tout le monde admire.

Je ne sais pas à quel moment ça a commencé ni de quelle manière ; est-ce que c'est un geste, un regard, un parfum qui a affriolé papa et excité ses sens, est-ce que ce sont les exercices de féminité, le travail sur mon corps – comment tenir une fourchette et comment mastiquer, comment bouger les fesses en montant l'escalier, comment marcher en faisant osciller la chevelure très longue pour qu'elle ressemble à un fleuve, apprendre à jouer de cette chevelure qui est mon charme, l'inclure dans tous les mouvements, se pencher, se relever, respirer, dormir même – est-ce ce travail-là, que je fais sur moi depuis deux ans, qui est à l'origine de la faim de mon père pour la chair de sa chair ?

Chaque soir, il sort. Que ce soit mon anniversaire n'y change rien. Depuis la mort de maman, il ne supporte plus la maison, mais aujourd'hui, je sais que c'est autre chose qui le pousse hors d'ici : il ne tolère plus de respirer le même air que moi. Comme d'habitude, il rentrera aux petites heures et sera là demain, mais ivre jusqu'à l'après-midi, sombre au souper, avec en tête deux désirs : celui de mon corps et celui de l'oublier dans le scotch. Chaque soir, tandis qu'il s'enivre, je me couche tôt et je pense au monde qui se désole de me savoir belle et jeune et confinée à ses côtés ; je me mets au lit, je songe à mon désespoir, je le retrouve dans les mots de contes qui sont le miroir de ma vie – *Votre Père, il est vrai, voudrait vous épouser ; écouter sa folle demande serait une faute bien grande, mais sans le contredire on le peut refuser.*

Des fois, je réalise que, même s'il me chagrine, ce mal-là qui ronge mon père me plaît aussi, et je dois sans cesse lutter contre l'envie de le pousser plus loin pour voir jusqu'où mon charme peut opérer. J'aime observer sur lui l'effet d'un nouveau parfum, d'un mouvement de tête ou d'un papillonnement des cils : son regard s'embue, il pâlit et se mure dans un silence plus lourd, plus lugubre encore que son mutisme habituel ; je le sens happé dans une rêverie à la fois langoureuse et pénible. Savoir que je possède une telle grâce me comble, je ne sais plus ce que je veux, je voudrais punir papa pour sa concupiscence en même temps que je ne veux pas la voir disparaître : je veux, encore et toujours, ce regard d'homme mûr posé sur moi comme sur une vraie femme.

Je m'endors, pleine de désirs contradictoires, et sitôt que je ferme les yeux, des voix s'éveillent dans ma tête qui sont chantantes et disent de belles choses, elles me font rêver aux pouvoirs que mon malheur me confère – *Dites-lui qu'il faut qu'il vous donne, pour rendre vos désirs contents, avant qu'à son amour votre cœur s'abandonne, une robe qui soit de la couleur du Temps.* Je me laisse bercer, je rêve... N'est-ce pas qu'il est doux de se savoir aimée, fût-ce de son père ?

*

Le Chariot (VII). Le tarot ne fait pas peur quand il sert à orienter les décisions à venir : il est facile de plier le quotidien pour le faire entrer dans une carte ; c'est lorsqu'il bénit des méfaits déjà prévus et à moitié réalisés qu'il est plus dangereux : il devient une incitation au mal, une sorte d'accord mystique à l'endroit de mauvaises actions préméditées. Sur l'arcane du Chariot, un Prince, couronné d'or, se dresse victorieux dans un char couvert de voiles bleus et tiré par deux sphinx, tandis que derrière lui s'étend une ville qu'il semble avoir conquise en entier. Tous les motifs de cette carte parlent de richesses et de triomphe ; mon triomphe, forcément, et ma fortune, comme le disent et le redisent les voix de la nuit – *Princesse, demandez-en une qui, plus brillante et moins commune, soit de la couleur de la Lune.*

Bonne fête à moi. Cette année sera celle de la richesse.

17 ans

Pour maman, papa avait dessiné le Centre de tri des Postes de la Cité. Ça lui plaisait, à elle, de savoir qu'un édifice municipal lui appartenait en secret, elle aimait savoir que les fenêtres étaient en cercle à cause de ses beaux yeux, que mon père les avait tracées ainsi pour lui faire plaisir, parce qu'elle lui avait dit, un jour, en flattant son ventre rond de moi, que son regard ne supporterait plus jamais les lignes droites. Elle a toujours admiré les grandes courbes de cet immeuble, son air de bateau blanc surgi en pleine ville, comme si ça avait un sens, ce faux paquebot destiné au tri des lettres ; chaque fois que je passe devant aujourd'hui, j'ai du mal à comprendre cette ville qui a décidé de construire un centre de tri en forme de navire.

Après la mort de sa femme, papa n'a plus voulu être architecte, mais nous avons continué à vivre comme avant, dans la même maison, dans le même luxe. Depuis quelques mois, tous les jours ou presque, il arrive avec une nouvelle surprise pour moi – une robe, un collier, des boucles en diamants, des chaussures de satin –, trop de choses que j'adore et qu'il ne peut probablement pas se permettre. J'ignore où il trouve l'argent pour payer ces trésors, il faut qu'il ait été bien riche avant, ou alors qu'il passe ses soirées à jouer, et avec beaucoup de chance, pour dépenser une telle fortune. Quand je le questionne à ce sujet, il me parle d'un homme qui vient boire avec lui, il dit que « ce monsieur » paye cher pour ses dessins, mais je ne le crois pas : depuis la mort de maman, je n'ai jamais vu mon père tenir un crayon.

*

J'ai pigé plus tôt ce matin la carte de mes dix-sept ans, peut-être parce que je craignais vaguement ce que j'allais y découvrir : les voix dans mes rêves sont agitées, je dors très mal depuis plusieurs semaines, c'est pour cela que je ne voulais pas accomplir le rituel en soirée, pour éviter de me donner une nouvelle raison de ne pas trouver le sommeil (évidemment, c'est raté, il aurait fallu, pour dormir tranquille, ne jamais rien piger du tout).

Arcane XVIII, la Lune. La carte est symétrique, de chaque côté se trouvent un château et un chien, gueule ouverte, langue sortie, qui semble hurler vers une Lune centrale dont la figure bleue et malveillante est tournée vers la gauche et cerclée de rayons rouges et blancs ; des gouttes ou des pétales, bleus, jaunes et rouges, tombent des rayons jusque sur les deux chiens, tandis qu'à leurs pieds, un lac semblable à celui représenté sur l'arcane de l'Étoile (XVII) sert de lit à une écrevisse géante qui me fait penser à un scorpion. Pour la lecture de la carte, une chose est certaine, je n'incarne pas l'un des deux chiens, je suis la Lune, c'est après moi que hurlent les bêtes ; les hommes sont des bêtes, l'écrevisse tapie dans l'eau est la folie qui les guette. Il est facile de comprendre ce que cette carte veut dire : un homme, un autre, rejoindra mon père dans sa quête désespérée de me posséder ; je resterai inaccessible aux deux, comme la Lune l'est aux chiens, et les observerai d'en haut. Je me demande qui sera ce nouvel homme, de quoi il aura l'air, et pour quelles raisons je serai pour lui intouchable comme je le suis pour mon père.

*

Voilà, j'en étais sûre : je ne dors toujours pas. Je jongle avec la Lune que j'ai épinglée près des autres cartes sur le mur ; les chiens pourraient aussi être des loups prêts à s'entredévorer, j'ai peur pour mon père en même temps que je suis curieuse de cette lutte à venir, je sens qu'elle sera féroce, mais que mon père ne peut pas la gagner, son désir l'affaiblit, il en fait une bête rampante et servile, et si mon corps est sa faiblesse, pour l'Autre il sera une force, il ne peut pas en être autrement, mon père perdra cette guerre-là de la possession de moi.

18 ans

Il y avait au départ vingt-deux arcanes majeurs dans le tarot de maman, ils ne sont plus que quinze : je regarde la pile qui diminue et je me demande si ma vie se terminera avec la dernière carte ou si elle se prolongera au-delà du jeu. À moins qu'elle ne s'achève avant ? Des fois, quand je pense aux femmes de ma maison, l'angoisse me gagne et je crains de mourir laide et folle comme maman ; alors, je m'assois devant la coiffeuse et je laisse tomber ma chevelure sur mes épaules, je regarde la cascade de boucles rousses qui coule dans le creux de mon dos, qui caresse le haut de mes cuisses, je prends des mèches à pleines mains et j'y plonge le nez, elles sentent la rose et le muguet, elles ont le parfum fleuri de l'été, je me déshabille, je glisse ma chevelure sur mon épaule, je cache mes seins sous cette rivière orange et je me regarde, je me rassure, c'est vrai que je suis belle, *de toutes la plus belle*, je ne ressemble pas à ma mère.

Et d'ailleurs, j'ai rencontré un homme qui saurait m'éviter semblable déchéance, il est parfait, on le dirait arraché à un livre, mais hélas, hélas, il est marié. C'est papa qui me l'a présenté : monsieur Rü, Féléor, que j'appelle Léo en moi-même. Je n'ai jamais vu quelqu'un d'aussi riche – *il était une fois un homme qui avait de belles maisons à la Ville et à la Campagne, de la vaisselle d'or et d'argent, des meubles en broderie, et des carrosses tout dorés* –, son opulence m'attire, il m'attire, même s'il est vieux, qu'il a l'âge de mon père ; il a une prestance, une grandeur qui le rendent plus vrai que nature. C'est lui, le mécène qui achète à prix d'or les dessins de papa. Quand je lui ai demandé : « Pour quoi faire ? », il m'a répondu : « Parce qu'ils me font penser à vous » ; aussitôt, une pointe d'espoir m'a traversé le cœur, je l'ai regardé en me concentrant pour que mes joues rougissent – c'est une chose que j'ai appris à faire, ça me donne un air modeste et fait ressortir le roux de mes cheveux – ; il m'a souri, je crois que je lui plais, il faut que je lui plaise, cet homme est un conte à lui tout seul et je les veux, lui et sa puissance, partout dans mes rêves et dans ma vie.

*

J'ai pigé tout à l'heure une septième carte qui a trouvé sa place sur mon mur (les cartes sont disposées en rangées de trois, excepté le Diable qui les domine toutes, celle d'aujourd'hui est la première de la troisième rangée), elle représente le Monde (XXI). C'est de bon augure, je crois. Au centre de la carte, juchée sur un socle et cerclée d'une guirlande de lauriers, une femme nue tient une baguette dans sa main droite, tandis qu'autour d'elle, aux quatre coins de la carte, se dressent un ange, un aigle, un cheval et un lion, tous auréolés de jaune. L'année dernière, parmi les innombrables cadeaux de mon père, j'ai reçu une anthologie des symboles : tout à l'heure, j'y ai cherché le laurier (victoire), l'ange (vie), l'aigle (beauté, force, prestige), le cheval (sexualité) et le lion (vigueur) ; en ce qui a trait à la nudité de la femme, j'imagine qu'elle souligne l'importance de son corps – ses seins, particulièrement, sont tracés en noir –, cette figure incarne la féminité placée au centre du monde, voilà ce que je serai cette année, un corps autour duquel gravitera l'univers. Cette carte signifie-t-elle que je saurai séduire Léo ? Il le faut.

19 ans

L'épouse de Féléor est morte et, depuis qu'elle a passé – on raconte les choses les plus étonnantes à ce sujet –, les rumeurs qui circulaient à propos de Léo se sont amplifiées : dans les cafés, les commerces, les échoppes, certains racontent qu'ils l'ont vu sur un grand cheval, poursuivant à travers la ville une femme qu'il aurait laissée se faire dévorer par ses chiens. Ces bruits, que mon père me répète avec une joie qu'il réussit mal à dissimuler, ne me détournent pas de mon amour, ils me poussent même plus avant dans ses bras. Papa a perdu la partie, ce n'est pas sa faute : on dirait que les cartes et les douces voix de mes rêves avaient pour seule fonction de m'amener dans le lit de Léo ; je suis persuadée que l'intensité de la vie que j'avais à atteindre, je l'ai trouvée en abandonnant mon père pour aller vivre avec cet homme-là qui, dans l'espace des nuits, est devenu tout à la fois : l'autorité, l'ami, le corps, le désir, la violence, le danger, la liberté aussi, surtout la liberté.

Parfois, je sens une fièvre brûlante monter en moi ; dans ces temps-là, je suis plus belle que tout, Léo même le dit, et je me sens alors aussi puissante qu'une reine de conte, je sais que ma beauté me permet tout, je sais que ma vie, écrite depuis l'aube des jours dans le grand livre de la Destinée, sera remplie de merveilles et de gloire, les voix de mes rêves le chantent, le tarot le promet, il ne peut pas en être autrement. C'est quand elle tombe que cette fièvre-là m'effraie, je me mets à craindre la folie de ma mère et surtout sa laideur ; j'ai peur et pour me calmer je me réfugie dans les bras de Féléor, mon Léo ; sitôt que je le touche, je m'apaise, je respire à nouveau, sa peau me suffit comme abri, contre lui je me sens protégée, je l'appelle mon Ogre, je sais que, parce que j'existe entre ses bras, je ne connaîtrai pas la mort banale d'une femme déchue, son amour me préserve de l'anonymat, il est mon sauveur, je l'aime. Au chaud dans sa légende, je me sens loin des femmes de mon ascendance.

Des gens tentent parfois de me mettre en garde contre lui, mais il est trop tard, je l'aime, sa prestance et sa richesse m'attirent – *Voilà, lui dit-il, les clefs des deux grands garde-meubles, voilà celles de la vaisselle d'or et d'argent qui ne sert pas tous les jours, voilà celle de mes coffres-forts, où est mon or et mon argent, celles des cassettes où sont mes pierreries, et voilà le passe-partout de tous les appartements.* –, je les veux, lui, sa réputation de monstre et son or, tout à moi, jusqu'à ce que la mort nous sépare. Il ne nous reste plus qu'à nous marier, mais je crains que cette nouvelle n'anéantisse mon père.

*

J'ai pigé tout à l'heure l'arcane de la Maison Dieu (XVI), qui m'intrigue et m'inquiète également. Il y a sur la carte deux hommes qui tombent en bas d'une tour, tête la première contre le sol, tandis qu'un dragon, au sommet, s'évade dans un ciel plein de neige, ou peut-être est-ce de la pluie, enfin plein de cercles bleus et rouges et blancs ; j'imagine que je suis le dragon, je prends mon envol et gagne le ciel, libérée de l'emprise de mon père qui, amoureux éconduit, s'écrase en bas de la tour. L'autre chevalier qui mord la poussière est-il Féléor ? Je ne sais pas, je ne veux pas, je préférerais que mon Léo soit le ciel et que ce soit vers lui que mes ailes de dragon m'emportent.

20 ans

Papa est mort il y a un mois, avant mon mariage, avant mon anniversaire. J'allais avoir vingt ans, j'allais me marier, je me suis mariée quand même, mais j'aurais voulu qu'il y soit ; même si je savais que jamais il ne survivrait à l'annonce de mes fiançailles avec Léo, j'aurais voulu qu'il me conduise à l'autel, peut-être même qu'il m'aurait embrassée là, sur les lèvres, devant tout le monde, avant de me remettre à Féléor, au vainqueur, à son rival. Mais non, il m'a embrassée sur le front, un long baiser paternel, il m'a murmuré : « Je t'aime ma petite loutre, ma Lottä », il est parti ; il aura été se jeter en bas du pont des Grives, c'est ce que j'imagine en tout cas, personne ne parvient à dire ce qui s'est réellement produit, s'il est tombé, s'il a sauté, mais son corps a été retrouvé il y a quelques jours, sous les piliers du pont, noyé et bleu.

Léo et lui ont eu une longue discussion la veille de sa disparition. Papa suppliait Féléor de m'épargner, j'avais l'oreille collée contre la serrure du cabinet, je l'entendais pleurer et implorer ; il m'a fait penser à un petit garçon, j'avais honte, honte de lui et pour lui, quand il est sorti, je ne lui ai pas accordé un regard.

Je ne comprends pas qu'il veuille à ce point que je meure de la mort de sa propre femme, il n'a donc pas vu ce que le temps a fait d'elle ? Maintenant, il a disparu et mon destin m'appartient tout entier.

Depuis son trépas, il se passe de drôles de choses : j'entends les voix de mes rêves même en plein jour, et les montées de fièvre sont devenues plus nombreuses. Léo les aime, il aime s'enfoncer en moi quand je suis brûlante, il dit qu'il sent ma chaleur et se nourrit d'elle, il dit que juste pour cela n'importe quel homme se damnerait, qu'après avoir goûté la chaleur de mon ventre, plus rien, jamais, ne les ramènerait dans le con tiède des femmes ordinaires.

*

Je ne sais pas pourquoi je veux piger une nouvelle carte cette année, je crains que ce jeu inventé à la mort de maman m'entraîne vers une mort semblable à la sienne ; pourtant je ne résiste pas à l'envie de prendre un arcane ; peut-être est-ce précisément à cause d'elle que je vais plus avant dans ce délire, parce que le jeu de tarot de mon adolescence est le seul lien qui m'unit encore à elle – peut-être ai-je besoin de me faire croire qu'elle est tout près, maintenant que me voilà orpheline. Je sais en tout cas qu'avec les dessins de papa, le tarot est le dernier vestige de ma famille, sans doute est-ce pour cela que je suis à ce point attachée à quelques vieilles cartes auxquelles seule la folie donne un sens ; toujours est-il que je suis là, journal ouvert, le jeu posé devant moi, à contempler cette carte au sommet de la pile qui me nargue, qui appelle ma main et qui veut être retournée, « N'est-ce pas que tu veux savoir ce que je cache ? », je ne comprends pas quel désir me pousse ainsi, mais je la retournerai, c'est certain, je ne peux pas faire autrement que de la retourner.

*

L'Arcane sans nom (XIII). Présage terrible si je ne me sentais pas déjà si vide, pourtant aujourd'hui, j'ai l'impression que ce squelette armé d'une faux n'est qu'un reflet de moi-même, je me reconnais dans cette figure qui piétine des corps démembrés – d'ailleurs juste là, à gauche, la faucheuse ne marche-t-elle pas sur une tête sans corps ? –, je reconnais mon père dans ces cadavres en morceaux, mais le squelette c'est moi, et la faux, mon mariage, qui a poussé le dernier membre de ma famille en bas du pont des Grives.

21 ans

Sans cérémonie, j'ai pigé aujourd'hui l'arcane de la Tempérance (XIV). Quelle drôle de femme, avec ses ailes, sa couronne et sa robe de brocart qui laisse seulement sa poitrine découverte ; elle tient deux cruchons d'or entre ses mains, de l'eau coule de l'un à l'autre, elle guette avec vigilance quelque chose de dissimulé derrière la carte, elle a les yeux grands et la bouche austère ; je trouve qu'elle ressemble à maman, occupée à tout calculer, à surveiller ses arrières, à protéger un Destin qui me semble aussi ridicule que dangereux. J'imagine qu'il s'agit de moi, pourtant, même si cela pourrait être n'importe laquelle de nous deux : les accès de fièvre me rendent pareille à elle, parfois même, en me regardant dans un miroir, je crois la voir, c'est une impression horrible ; peut-être est-ce ce que cette carte annonce, peut-être est-elle le présage de l'apparition de la folie qui, tapie en moi, se nourrit de ma beauté et croît à mon insu.

22 ans

Je n'avais jamais cru au tarot de ma mère, mais je me suis tellement entêtée à le rendre vrai qu'il est devenu toute ma vie ; depuis dix ans que maman est enterrée, rien n'a plus compté que de comprendre ses cartes et de devenir la femme de sa prophétie ; aujourd'hui, je suis prise des mêmes fièvres qu'elle ; elle est morte d'avoir trop cru en une fatalité qui n'existait pas, elle est morte d'imagination et il m'arrivera précisément la même chose, que ce soit la fièvre qui m'emporte ou Féléor qui me tue malgré lui, je mourrai comme elle, l'esprit incendié d'avoir trop inventé, trop voulu.

*

Voilà que, pour me donner raison, je viens de piger le tarot de mes vingt-deux ans, il s'agit de l'Impératrice (III) qui règne sur toutes choses, un sceptre d'or et un bouclier dans les mains, une couronne rouge sur ses cheveux blancs ; elle a maîtrisé tout ce qu'il y avait à maîtriser, elle est assise là, vieille, paisible, il ne lui reste plus qu'à attendre la mort, sereine parce qu'elle a toujours su, au fond, qu'il était impossible d'en finir autrement. Comme elle, je n'ai plus peur de la faucheuse ; je la sens tout près qui m'attend en ouvrant large ses bras invitants. Je souhaitais une mort différente de celle de maman, mais je finirai comme elle, avec la Déraison à mon chevet ; j'étais naïve de croire que je pouvais échapper au sort des femmes de ma maison, mais je mourrai avant d'être vieille, parce que mon destin est aussi celui des femmes de l'Ogre, qui toutes périssent avant leur temps. Folle, mais belle encore.

À propos de Lottä

J'appelais Lottä « ma femme mythologique ». À ses côtés, j'étais révéré. Sa beauté irréelle rejaillissait sur moi et magnifiait, outre ma personne, jusqu'aux sombres rumeurs qui circulaient sur la mort de mes épouses. Parce que c'est pour moi seul que cet ange ouvrait les jambes, on ne savait plus que penser des meurtres que j'avais commis. De monstre sanguinaire et condamnable, je devins, lorsque notre union fut rendue publique, un personnage plus grand que nature, dont les crimes étaient teintés d'une horreur splendide qui fascinait davantage qu'elle ne scandalisait les bonnes gens.

J'avais rencontré Lottä par l'entremise de son père, c'est vrai. J'étais tombé sur cet homme bien avant la mort de Phélie, un soir que je visitais, à la mémoire d'Abigaëlle, le bar lamentable où j'avais autrefois rencontré le pianiste qui m'avait amené au ballet. Tobias Istvan y était, penché sur des plans plus larges que sa table, absorbé par un dessin ; il traçait ce soir-là des colonnes Art nouveau cerclées de sylphides gigantesques dont les chevelures montaient en torsades jusqu'aux voûtes d'un plafond imaginaire. Il y avait, dans le drapé des robes et dans la ligne des cheveux, une tendresse – voire une adoration – qui me plut et me fit penser aux femmes que j'avais aimées. Je questionnai l'homme sur le dessin, il me dit que c'était sa femme, morte plusieurs années auparavant. En parlant d'elle, il s'assombrit et sa nostalgie me troubla, moi qui n'avais jamais senti de désespoir à la mort de l'une ou l'autre de mes épouses. Deux mois plus tard, je le croisai dans un autre bar. Il travaillait alors sur quatre vitraux représentant les quatre saisons, incarnées par une grande fille rousse aux cheveux vivants et sauvages comme des lianes, tour à tour couronnés de muguet, de coquelicots, de glaïeuls et de gui. Ces images éveillèrent en moi quelque chose de nouveau. Ce n'était pas, comme devant la colonne aux sylphides, l'impression de voir rassemblées toutes les femmes de ma vie en un seul dessin ; au contraire, j'y voyais mes propres limites. Moi qui avais tout, je ne pouvais imaginer posséder une femme pareille. Quand je lui fis remarquer la beauté exceptionnelle de son modèle, Tobias sourit tristement, disant qu'il s'inspirait de sa fille pour retrouver les traits de sa femme. Il me raconta combien son deuil était douloureux, je lui décrivis mes épouses, nous nous liâmes d'amitié.

Un soir qu'il avait beaucoup bu, il se mit à me parler de sa fille, qui passait le plus clair de son temps enfermée dans sa chambre depuis la mort de sa mère. La veille, il avait voulu voir ce qu'elle y faisait et, après avoir frappé quelques coups à la porte sans obtenir de réponse, il l'avait entrebâillée et avait aperçu l'adolescente agenouillée devant un mur où étaient accrochées différentes cartes de tarot. Elle semblait perdue dans la contemplation du jeu et son regard, absent, avait douloureusement rappelé à Tobias le souvenir de sa femme, lorsqu'elle cherchait à voir l'avenir. Il racontait la scène avec tant d'émotion que je ne sus que répondre à son désarroi. Pour l'apaiser, je les invitai chez moi, l'enfant et lui. Il hésita d'abord, mais j'arguai que j'avais ramené d'Orient une collection d'objets rares – statuettes de jade, sabres japonais, porcelaine de Chine, soieries, pierres précieuses, ivoire sculpté et bijoux de toutes sortes – qui, peut-être, distrairait la demoiselle. J'espérais qu'il accepte, car depuis que j'avais vu le dessin des saisons, je souhaitais avoir l'occasion d'observer la beauté de la jeune fille. Tobias, toujours éperdu de douleur malgré les années qui s'étaient écoulées depuis la mort de son épouse, n'avait pas encore pris conscience de la transformation de sa fille en jeune femme ; aussi il ne s'inquiéta pas des mobiles qui justifiaient mon invitation et, séduit à l'idée de sortir l'enfant de sa réclusion, il finit par accepter mon offre.

Cette soirée me plongea dans un état d'enthousiasme inhabituel. Je voulais que tout soit parfait : je visitai les cuisines des dizaines de fois et me disputai avec Phélie, qui ne s'était pas coiffée avec autant d'élégance que je l'aurais souhaité. J'avais fait préparer, me remémorant les esquisses de Tobias, un vaste bouquet de muguet, de glaïeuls, de coquelicots et de gui, et je passais mon temps à en ajuster les fleurs, attendant que sonnent dix-neuf heures avec une impatience de loup.

Ce n'est pourtant qu'à dix-neuf heures vingt que le carillon de la porte résonna dans toute la maison. L'intendante ouvrit, elle installa Monsieur et Mademoiselle dans un petit boudoir attenant au vestibule, prit leur manteau et vint m'aviser que mes invités étaient arrivés. Phélie entra dans la pièce avant moi, j'étais encore à quelques pas de l'entrée quand je l'entendis s'exclamer, d'un ton admiratif : « Mademoiselle a une chevelure exceptionnelle ! » Chevelure exceptionnelle, oui. Je l'adorai instantanément, ma femme mythologique, le nez dans les glaïeuls, disparue derrière ses boucles rousses.

Je n'aimai aucune de mes femmes comme je l'aimai elle, dans un élan du corps entier. Mon désir d'elle me dévorait, je me serais damné pour son sexe chaud, rendu brûlant par la fièvre. Souvent, lorsque je la prenais, elle jouait à se débattre, comme habitée par une histoire dont elle seule suivait la trame. Outre Constance, qui, selon son degré d'intoxication, résistait parfois, aucune autre de mes épouses n'avait agi de la sorte. Cette lutte m'excitait au plus haut point, j'aimais voir notre union comme un combat. En s'agitant, Lottä s'épuisait, faisait monter la fièvre et quand, enfin, je m'enfonçais en elle, son corps avait atteint une chaleur incandescente qui m'enflammait.

Un soir, pour mon anniversaire, je l'amenai rue Friquet, dans un club huppé où quelques veuves opulentes se réunissaient parfois pour jouer au bridge, mais où, surtout, on proposait le vendredi des repas gastronomiques en grand apparat, courus par tout le gotha de la Cité. Lottä raffolait de ces soirées; moi, j'aimais surtout les robes de soie qu'elle portait pour s'y rendre et ses cheveux montés en chignon par une armée de coiffeurs. Je mangeais en imaginant le moment où je détruirais la coiffure et libérerais les grosses vagues rousses des peignes et rubans qui les contenaient.

Depuis la mort de Phélie, il suffisait que je me présente quelque part pour qu'on me trouve une table en retrait, parfois même dans une pièce privée, où je pouvais dîner à l'abri des regards: ma réputation suscitait la crainte des restaurateurs, qui ne souhaitaient pas se mettre à dos un homme aussi riche que moi, mais espéraient tout de même préserver leur clientèle de ma scandaleuse présence. Après mon union avec Lottä, sortir devint plus compliqué encore, car les maîtres d'hôtel avaient ordre d'installer ma femme bien en vue, tout en s'assurant que je demeure, moi, dérobé aux regards. Ce soir-là, nous mangions dans une alcôve lumineuse, dissimulée derrière des paravents orientaux. Lottä, assise près de la fenêtre, semblait seule, alors que j'étais devant elle, adossé contre la cloison. Il y avait sur la table les plats les plus dispendieux de la carte, étalés entre elle et moi sur une grande nappe blanche: huîtres, caviar, esturgeon, pintade, caille, cerf, agneau, porcelet, faon. Dans la rue, les gens s'arrêtaient pour regarder, comme s'il s'agissait de la vitrine d'un commerce de grand luxe. Lottä, ignorant les curieux assemblés en masse de l'autre côté de la vitre, goûtait à tout et essuyait ses lèvres entre chaque mets. Son chignon chancelait dès qu'elle bougeait la tête, sa bouche faisait rêver aux plaisirs de la nuit à venir, je m'émerveillai pour la millième fois de la parfaite maîtrise qu'elle possédait de ses charmes.

Tandis que je l'observais, elle se mit à parler de sa mère, d'abord calmement puis avec une fougue croissante. Elle s'emballa, emportée dans un monologue à propos de la beauté et de la mort ; je m'étonnai de la voir si loquace, elle qui parlait habituellement très peu. La surprise passa et je me réjouis : son laïus était confus, alambiqué ; je songeai que c'était bon signe, que la fièvre enflammerait la fin de notre soirée. Je la regardais s'agiter en imaginant sa bouche ouverte sur ma verge, quelques cheveux pris entre ses lèvres, et je rêvais au regard brûlant qu'elle poserait sur moi en m'embrassant. Plus elle parlait, plus je m'échauffais ; aussi quand, à travers son délire, elle en vint à me demander de faire avec elle ce que j'avais fait avec mes autres femmes, je m'inquiétai grandement. Elle crut sans doute me faire plaisir, puisqu'elle ajouta qu'il s'agissait d'un cadeau d'anniversaire, pour moi. « Je ne veux pas de ce cadeau-là », répondis-je fermement. Elle insista, revenant sur la mort de sa mère et de sa grand-mère ; je lui demandai tout bas de se taire et lui dis qu'elle ne savait pas ce qu'elle disait. Ses gestes devinrent brusques, des bruits d'ustensiles et de couverts résonnèrent dans l'alcôve et le silence gagna la salle, de l'autre côté des cloisons. Lottä, que la fièvre enflammait, éleva la voix, fébrile, et argua que j'avais bien voulu tuer les autres. Sous le regard suppliant du maître d'hôtel, qui voulait à tout prix éviter les allusions directes à mes défuntes épouses dans son établissement, je la pris par la taille, la forçai à se lever, et nous partîmes sans manger davantage.

L'air frais du soir parut apaiser Lottä qui, après quelques pas, cessa de crier. Au bout d'un moment, elle ralentit la cadence et, devant le Centre de tri des Postes de la Cité, elle attendit que je la rejoigne. Je m'approchai d'elle, posai la main sur son épaule ; elle se glissa sous mon bras et blottit sa tête contre ma poitrine. Nous regardâmes un temps le faux bateau blanc dessiné par son père, puis nous poursuivîmes notre marche en silence. Nous traversions le pont des Grives, qui relie la rive sud à la rive nord, quand elle me supplia à nouveau de prendre sa vie. J'enfouis mon nez dans son chignon et inspirai l'odeur enivrante de sa chevelure, en répondant un « non » ferme et tranquille. Son corps se raidit contre le mien, je sentis la chaleur irradier de son cou. Je tournai vers moi son visage et vis les symptômes d'une fièvre galopante : teint livide, yeux égarés, lèvres tremblantes ; elle me poussa sauvagement et courut vers la rambarde du pont. Je sus que si je ne l'empêchais pas, elle allait grimper dessus et sauter, comme l'avait fait son père deux ans plus tôt. Je me précipitai vers elle et l'agrippai fermement, tentant de la contenir. Elle se mit à me battre, à me donner des coups de pieds, de poings, à me mordre, à me griffer. Je sentais ses ongles s'enfoncer dans ma chair, ses talons percuter mes tibias ; je n'avais encore jamais éprouvé la rage d'une femme retournée contre moi. Elle crachait, criait, son corps se couvrit d'une mince couche de sueur qui la rendit glissante. Un large cercle de curieux se forma autour de nous ; j'essayai tant bien que mal de maîtriser Lottä, mais elle était habitée d'une force inhabituelle. Dans un effort désespéré pour la ramener à moi, je la tirai violemment par le bras : elle m'échappa et passa par-dessus la rambarde. Incrédule, je regardai son corps désarticulé flotter dans l'air et percuter l'eau comme si c'eût été un sol dur, puis je me précipitai vers la berge.

Le cri horrifié de la foule résonnait encore dans mes oreilles quand je plongeai dans le canal pour tenter de la sauver. Je nageai à m'en épuiser, quelques canotiers la cherchèrent avec moi ; nous la retrouvâmes, dérivant dans les canaux, noyée, une cinquantaine de minutes plus tard. Nous la hissâmes jusque dans la plus grande embarcation et l'étendîmes sur le pont. Ses lèvres rondes étaient mauves, l'eau froide avait bleui sa peau, quelques algues s'étaient enroulées dans ses cheveux que les vagues avaient décoiffés. Avec sa robe de soie grise enroulée autour de ses jambes, on eût dit une éblouissante sirène : quand ils la virent, les marins se signèrent. Je l'admirai longuement, éperdu, puis j'exigeai du capitaine qu'il organise le transport du corps jusqu'au Manoir. Sitôt ces arrangements réglés, je rentrai, ne parlant à personne, courant dans les rues sans reprendre mon souffle.

J'arrivai chez moi détrempé, tremblant, possédé par une fièvre semblable à celle qui venait de m'arracher la seule femme que j'avais résolu de laisser vivre. Je montai directement dans mes appartements, je préparai le lit pour y étendre Lottä, et j'attendis. Il ne fallut pas patienter longtemps avant que l'intendante annonce «un drôle d'homme qui transporte un cadavre enroulé dans une bâche». Je bondis, bousculai la maladroite qui se tenait dans l'embrasure de la porte et, après avoir couru jusqu'au marin qui attendait dans le vestibule, je lançai une poignée de pièces dans sa main tendue, j'attrapai le corps et remontai me barricader dans la chambre.

Allongée sur le grand lit, blanche, mouillée, ses interminables cheveux roux collés sur son visage, Lottä avait l'air inquiétant d'une Aphrodite arrachée à la mer. La pièce était éclairée seulement par le feu qui brûlait dans l'âtre, les flammes oscillaient et dessinaient de longues ombres sur le lit. J'étais toujours trempé de la tête aux pieds, mais quand la belle fut enfin couchée à sa place, je pris le temps de me dévêtir et d'étendre mes vêtements sur le dossier d'une chaise que je retournai vers le foyer. J'étais secoué de frissons, aussi m'approchai-je moi-même de la cheminée et entrepris de me réchauffer avant de retourner vers le lit. Lottä, dormeuse impeccable, n'avait pas bougé. Je m'approchai d'elle, l'embrassai dans le cou, sa fièvre était visiblement tombée, elle était froide et calme. J'entrepris de la déshabiller; sa robe collait à son corps et moulait ses formes, on eût dit qu'il était impossible de la lui enlever : la soie, gorgée d'eau, adhérait à sa peau. Mes mains tremblaient – de froid, de fièvre, de nervosité –, la robe m'enrageait, je finis par déchirer tout le devant pour l'arracher plus facilement, mais il restait encore les bras à sortir des manches et tout le corps était raide, les membres ne pliaient plus très bien. Je dus rouler Lottä sur le ventre pour venir à bout de sa tenue, et quand je la retournai sur le dos, elle avait un œil ouvert et l'autre fermé. L'image m'horrifia d'abord et je bondis hors du lit, mais rapidement, je revins à son chevet et contemplai son visage. L'effroi disparut aussi vite qu'il m'avait saisi. Je m'étendis sur son corps, forçai un peu contre ses genoux pour écarter ses jambes et entrepris de me glisser en elle. L'opération s'avéra plus ardue que prévu : si ses cuisses étaient encore moites de leur séjour sous l'eau, le sexe de Lottä restait aride. Quand, enfin, je parvins à me frayer un chemin jusqu'au fond dc son ventre, ce ne fut que pour trouver un nid glacé, définitivement mort, qui contrastait si violemment avec la chaleur fiévreuse à laquelle j'étais habitué que j'en ressortis aussitôt, triste et déçu.

Marie des Cendres

Robe de travail marine, bottines plates. Le col entrouvert laisse deviner les seins ronds et jeunes. Manque d'élégance et d'assurance dans la démarche et le maintien. La femme n'est pas encore sortie de la jeune fille.

Derrière le cou, une tache de naissance borde la racine des cheveux, on ne la remarque que lorsque la chevelure est remontée en chignon. La marque est infundibuliforme ; de là, des taches de rousseur s'étendent comme une pluie brune le long de la colonne vertébrale, des épaules jusqu'aux fesses. Les taches ne s'éloignent pas du centre du dos, le reste de la peau est blanc.

Nulle part je ne vais écrire que je veux être tuée.

*

Il est assis dans le fauteuil, devant la fenêtre. Il ne regarde pas dehors, il regarde le lit vide. Toute la journée, rien que ça. Sans arrêt. Le lit vide, même la nuit. Il dort sur la chaise. Il ne va pas dans le lit. Il regarde les draps, il ne les déplace pas. Dans les plis, on voit la trace du corps noyé de Lottä Rü, morte depuis des mois. Ce qu'il regarde n'est plus là. Il ne reste rien d'autre que des draps froissés.

*

Il y a six journaux et six femmes mortes. Quand je fais le ménage, je prends les journaux dans mes mains, je peux jouer avec. Je les entrouvre, ils tiennent en équilibre sur la tranche. Je pourrais en faire un château comme avec des cartes. Il y a toutes sortes de manières de les ranger. Les femmes mortes sont enterrées dans le jardin ou en poussière dans des boîtes décorées. Deux dans le jardin, quatre en boîte. Je ne sais pas lesquelles sont où.

*

L'intendante est une mégère d'au moins mille ans. Elle était là quand la femme danseuse, Abigaëlle, a été tuée. Elle a vu la grosse Frida agoniser. Elle attendait le maître quand il est revenu de la chasse avec le corps de Phélie enroulé dans un drap. Elle ne savait pas que Lottä allait mourir. Elle le dit souvent : je ne savais pas qu'elle allait mourir.

*

Il est assis sur la chaise. Il ne fait rien. Il regarde le vide entre la porte et moi. Je n'ai pas connu Constance Bloom, pourtant je suis elle. Je lui dis : couchez-vous sur le bureau. Les pieds sur la boîte de la machine à écrire. Je porte un sarrau taché qui sent les plantes mortes. Je l'ai trouvé dans le laboratoire des combles. Je dis : imaginez que je suis elle. Constance. Je peux vous guérir de votre tristesse en vous faisant manger des fleurs. Il ne bouge pas. Il reste assis dans son fauteuil. Il dit : je ne me couchais pas devant Constance, elle se couchait devant moi. C'est elle qui mangeait les fleurs.

*

Je me demande si c'est vrai qu'on peut jouir en allaitant. Je lui pose la question, il dit : Frida disait des choses étranges. Je demande à l'intendante, elle dit : vous avez de la chance d'être la préférée de Monsieur, parce que je vous mettrais à la porte, vous et vos questions idiotes.

*

Je suis Phélie Léanore, pensionnaire dans un couvent de bonnes sœurs où je m'ennuie à mourir. Je marche dans le parc et je rencontre une femme. Elle dit qu'elle est l'intendante dans la maison d'un homme riche. Elle décrit un manoir très beau dont j'ai entendu parler souvent. Je dis : c'est le château de l'Ogre ! Elle dit que pour faire partie de l'histoire, il faut en marier le maître et écrire dans un livre qu'on a envie d'être tuée.

*

Il est assis dans le fauteuil, devant la fenêtre. Il lève les yeux du lit et me regarde. Je dis : ça fait trois jours que je suis Phélie Léanore. J'époussette le manteau de la cheminée. Je raconte de quelle manière l'intendante m'a convaincue de me marier avec lui. Je parle, il ne dit rien. Quand je sors, il retourne à la contemplation du lit.

*

Du jour au lendemain, il n'est plus assis dans le fauteuil, mais à son bureau. Il est rasé, il est propre, ses cheveux sentent le shampoing d'homme. Les autres bonnes disent que c'est un miracle.

*

J'entre dans le bureau de l'intendante. Je dis : qu'est-ce qu'il fait, monsieur Rü ? Elle ne comprend pas. Je dis : pourquoi maintenant, au lieu de s'asseoir et de regarder le lit comme il l'a fait pendant des siècles, il s'assoit à son bureau devant une machine à écrire qui est emballée dans sa boîte ?

*

Je suis Abigaëlle Fay. Je suis toute seule dans le dortoir des domestiques et j'essaie de voir si c'est difficile pour vrai de répéter mille fois le même mouvement. Ça l'est.

*

Il est devant le bureau. La machine à écrire est neuve. Il l'a déballée après deux semaines. Il prend le journal de Mercredi Fugère et il lit une page. Il repose le journal comme si c'était un objet précieux. Il ferme les yeux et ne bouge plus pendant un long moment. Après, il rouvre le journal à la même page et met ses doigts sur la machine. Quand il pèse sur les touches, les mots de Mercredi se retrouvent sur la feuille devant lui.

*

Je suis Abigaëlle Fay. Je marche sur les orteils en faisant des mouvements gracieux avec mon corps.

*

Il est assis dos à la pièce, le bureau est appuyé contre un mur. Accrochées au-dessus, il y a les photographies des six femmes mortes. Je me demande où il a trouvé celle de Mercredi. Des fois, il lève la tête vers le mur et il regarde les portraits. Je connais bien ses gestes. Je l'observe tout le temps que je nettoie la chambre. Quand j'ai fini le ménage, je reste avec lui. Je lis par-dessus son épaule pendant qu'il transcrit les lettres de Constance Bloom sur sa machine. « J'aurai bientôt quarante ans – c'est encore six ans de moins que ce que vous aviez lorsque nous nous sommes rencontrés –, quarante ans… c'est une pensée qui m'afflige, je voudrais, par-dessus tout, avoir la jeunesse de mon mari. »

*

Je suis Frida-Oum Malinovski. J'ai un enfant pendu au sein qui tète mon lait. J'ai les seins ronds, l'enfant est un garçon, je l'aime. Je l'appelle mon trésor. Je ferme les yeux. L'enfant est une fille et quand je la prends pour lui faire faire un rot, elle a la face rouge et des cornes de diable.

*

Depuis huit mois, il n'est pas sorti de ses appartements. Les gens de la Cité disent qu'il devient fou. Les domestiques disent qu'il devient fou. Quand je vais faire des courses, les marchands prennent des nouvelles et me demandent si c'est vrai qu'il a tué sa femme. Je demande : laquelle ? Après, je dis : il était très amoureux.

*

Un jour par semaine, je ne suis personne. J'entre dans la chambre, j'ai l'air pâle et plat de moi-même. J'enlève les mortes de mon visage. Il est assis devant sa machine. Il lève la tête. Il dit : bonjour, Marie. La cheminée doit être nettoyée. Il retourne à son ouvrage.

*

Je suis Abigaëlle Fay. J'ai mal et je cherche le désir dans les yeux des hommes.

*

Il est assis à son bureau. Il est habillé comme s'il avait un rendez-vous d'affaires. Je suis Phélie Léanore, je m'assois au fauteuil devant la fenêtre et je me plonge dans un livre où il y a souvent des orages au moment où les personnages s'embrassent.

Je lis, il travaille, j'entends le clic clic de la machine à écrire.

*

Je suis moi. Je suis couverte des cendres de la cheminée. Je dis : vous ne parlez jamais de Lottä. Il ne dit rien. Je demande : pourquoi ? Il ne dit rien. Je prends le balai et le porte-poussière. Il dit : tu n'es jamais Lottä. Je dis : je ne peux pas être elle, elle était trop belle.

*

Par-dessus son épaule, je lis : « C'est elles qui choisissent mes dessous, elles me déguisent comme si j'avais leur âge, mais un corps mou comme le mien ne devrait plus faire l'effort des jarretelles élastiques ou des culottes de dentelle : le résultat est à rire aux larmes. » Je dis : Frida ! Votre livre est bien avancé. Il dit : je n'écris pas un livre.

*

Je suis moi. Il demande : quel âge as-tu ? C'est la première fois qu'il parle en premier. Je dis : j'ai dix-sept ans. Ce n'est pas la vérité. J'en ai quinze. Il me regarde de la tête aux pieds. Il dit : c'était l'âge de Mercredi Fugère. Il y a un silence. Il dit : tu la connais ? Je réponds : « Le ver laboure la terre qui fait pousser le maïs qui nourrit la poule qui nourrit le renard qui donne la fourrure que le pauvre utilise pour faire le manteau du riche. » Il dit : Mercredi était une menteuse. Il me regarde encore. Il dit : tu es une menteuse aussi. Tu n'as pas son âge.

*

Les combles sont divisés en petites pièces qui servent de rangement. Les premières sont des penderies, mais dans les autres, il y a des vêtements et des objets qui ont appartenu aux femmes mortes. Une pièce par femme. Je me déguise et je descends dans la grande chambre habillée comme une ballerine ou comme une femme obèse.

*

Il travaille devant sa machine à écrire. Je suis couchée par terre et je ne bouge pas. Je pèse une tonne. L'intendante entre dans la chambre pour lui parler. Quand elle me voit, elle me gronde parce que je ne travaille pas. Il dit : Frida est encore avachie. L'intendante s'en va en grognant entre ses dents. Il ne me regarde pas. Il retourne à la transcription des journaux de ses femmes. Je suis Frida-Oum Malinovski, aplatie sur le plancher. Mon mari ne m'aime pas.

*

Dans la Cité, les gens l'appellent l'Ogre. Je leur dis : il n'est pas si grand que ça.

*

Je lis : « je suis la Lune, c'est après moi que hurlent les bêtes ; les hommes sont des bêtes, l'écrevisse tapie dans l'eau est la folie qui les guette. »

*

Il est assis sur le lit. C'est la première fois que je le vois dans le lit et pas dans la chaise ou au bureau. Les draps ont été changés. Il y a une feuille blanche dans la machine à écrire, un paquet de feuilles noircies sur le côté et les journaux, empilés droit, derrière. Il parle. Presque jamais il parle. Il dit : sois Mercredi Fugère pour moi. Je dis qu'il n'y a pas de vêtements d'elle dans les combles. Il dit : ce n'est pas grave, déshabille-toi. Il répète : sois Mercredi pour moi.

*

Il est couché avec un bras sous la tête et une jambe à l'extérieur des couvertures. L'autre jambe est collée à la mienne. Elle est moite comme tout le reste de son corps. Il dit : tu es bonne. Il dit : assieds-toi maintenant. Je veux voir les seins de Mercredi.

*

Je suis moi. Il faut faire le ménage, parfois. J'entre et je change la literie. Les blanchisseuses parfument les draps. Je les étends et l'odeur va partout dans l'air. Il est assis devant sa machine à écrire. Il n'écrit rien. Il dit : Marie, penses-tu que tu pourrais être Lottä ? Je dis : non, je ne saurais pas comment imiter ses cheveux.

*

Je suis Abigaëlle Fay. Je regarde les grandes dames du château et je les trouve trop élégantes pour moi.

*

Dans les combles, aucune pièce n'est fermée à clé. Je trouve les vêtements dont j'ai besoin et je les apporte dans le garde-meuble où il y a un miroir dans lequel on se voit de la tête aux pieds. Je me regarde. Pendant des jours, je monte et je me regarde. Je cherche un visage. Tout à coup je suis belle.

*

Je marche le menton dans les airs. J'ai les cheveux cachés sous un chapeau. Je suis Lottä Istvan. Je descends dans la chambre du maître en marchant comme une reine.

À propos de Marie

Lottä était entrée dans la chambre habillée de la robe à volants dans laquelle je l'avais vue la toute première fois, lorsque son père me l'avait présentée. Elle portait son parfum vanillé – L'Heure Bleue –, ses cheveux étaient dissimulés sous un grand chapeau, les traits de son visage, dans l'ombre, n'étaient plus les mêmes, mais son expression à la fois douce et hautaine, elle, ne mentait pas. Je quittai la machine à écrire et m'approchai, puis, le cœur battant, je l'embrassai. Ses lèvres étaient plus charnues, plus rondes, mais elles goûtaient les bonbons à la violette, comme autrefois. Je me souvins alors, yeux fermés, lèvres contre lèvres, avoir laissé une boîte de ces friandises dans le cagibi des combles. Je ne voulus enlever ni le chapeau ni la robe, pour ne pas rompre le charme, alors je me tins devant elle, sans rien dire d'autre que « Lottä ». Je l'embrassais, je la regardais, je l'embrassais à nouveau. Le bonbon à la violette fondait, je savais que les lèvres, lentement, retrouveraient la saveur épicée de Marie, mais pour l'heure, Lottä était là, à nouveau devant moi. Elle chuchotait mon nom, Léo, sans me quitter des yeux.

Lottä est la seule à m'avoir appelé Léo. Je lui caressai la joue. Le bonbon à la violette fondait. Je la serrai contre moi. Elle avait le corps jeune des premiers jours de notre mariage, je la sentais alerte et fébrile entre mes bras. Elle avait chaud. Ce n'était pas une chaleur fiévreuse, comme celle des dernières années, c'était l'incandescence de son âge. Je la regardai à nouveau. Le visage était un masque sans faille, Lottä gardait son sourire énigmatique. Elle semblait figée dans cette expression rêveuse, désinvolte, et elle me fit soudain penser à un fantôme de chair et d'os, à l'image d'elle-même. Cela m'était égal, c'était Lottä, elle était devant moi. Pas morte dans l'eau sale du fleuve. Nous n'avions pas eu de dispute, nous n'en étions qu'aux premiers jours. Je l'embrassai à nouveau. Léo. Sa voix n'était qu'un chuchotis, il ne fallait surtout pas élever le ton, pour ne pas dissiper l'illusion. Je l'embrassai. Léo. Le bonbon fondait. Depuis combien de temps était-elle dans la chambre avec moi ? Phélie m'avait déjà raconté qu'un bonbon à la violette se dissout en vingt minutes dans l'eau froide. Je la regardai, je fixai ses yeux disparus dans l'ombre. Je t'aime, Lottä. Le bonbon devait avoir l'épaisseur d'une feuille de papier. Je l'embrassai et j'entendis la sucrerie craquer sous ses dents. Je t'aime. Je fermai solidement mes doigts autour de son cou.

Tandis qu'elle se débattait, le chapeau tomba sur le sol et Marie apparut devant moi, son visage déformé, sa peau bouffie, rougie par le manque d'air. En suffoquant, elle murmura « non » et s'effondra sur le lit. Elles étaient mortes. Lottä et Marie. Les deux en même temps.

D'abord, je restai immobile, regardant fixement les draps, puis je plaçai le corps dans le lit comme je l'eusse fait dans un cercueil, et je le veillai pendant plusieurs heures. J'avais posé le chapeau sur le visage de Marie, m'assurant de dissimuler dessous ses cheveux blonds. Je veillai Lottä jusqu'à l'aurore, satisfait, songeant aux mois qui s'étaient écoulés depuis la dernière fois où je m'étais assis devant son cadavre. Je pensai aux longs jours d'inertie, à mon dégoût pour la vie, pour le mouvement, pour les femmes même. Je pensai aux journaux de mes épouses, que j'avais retranscrits. La pile de carnets était là, sur le bureau, et dessous, dans une pochette grise, était rangée une version dactylographiée de chaque texte. J'avais même commencé à écrire sur chacune d'elles quelques anecdotes, des souvenirs, moins pour composer un livre – je n'ai jamais ambitionné d'être un auteur – que pour réapprivoiser le mouvement, reprendre pied, faire le point. Je regardai Lottä, froide et raide dans le lit. Il me faudrait sortir de cette chambre, un jour ou l'autre. Il me faudrait retourner dans la Cité, reprendre mes affaires en main.

Le jour se leva et je songeai à Marie, cachée sous le chapeau. J'eus envie de la veiller elle aussi. Je dégageai son visage et, trouvant qu'elle avait l'air ridicule dans la robe à volants de Lottä, je lui retirai le vêtement et la couchai, en jupon, dans les draps qu'elle avait changés la veille. En la déshabillant, je sentis une raideur sous son linge et je remarquai que son cotillon était bariolé de coutures colorées qui formaient des carrés sur toute la longueur du tissu. En le bougeant un peu, j'entendis un froissement qui m'intrigua. Je soulevai le vêtement et trouvai dessous des dizaines de petits carrés de papier, soigneusement cousus entre les plis du jupon. J'en lus un : « Nulle part, je ne vais écrire que je veux être tuée. »

J'arrachai la jupe et laissai le corps, en culotte, étendu sur le lit. J'attrapai des ciseaux et commençai à découper chaque bout de papier. Au bout d'une demi-heure, le jupon était en lambeaux, et j'avais devant moi une cinquantaine de courts textes, drôlement calligraphiés sur de vieux journaux ou derrière des enveloppes froissées. J'observai un temps la cursive ronde, enfantine de Marie, puis je m'assis sur la chaise, devant la fenêtre, et je commençai à lire. « Je suis Abigaëlle Fay. J'ai mal et je cherche le désir dans les yeux des hommes. »

Il fallait remettre de l'ordre dans les morceaux. « Je marche le menton dans les airs. J'ai les cheveux cachés sous un chapeau. Je suis Lottä Istvan. Je descends dans la chambre du maître en marchant comme une reine. »

Je pris une feuille blanche, l'insérai dans la machine à écrire et me mis à l'écoute de la petite Marie.

Table

Merci à Martine, Marie-Jo, Marie-Pierre, Anne-Josée, Audray, Gilles L., Gilles M., mes parents et Pascal.

*

Les sangs a été rédigé dans le cadre du doctorat en études et pratiques des arts de l'Université du Québec à Montréal, avec le soutien financier du Programme de bourses d'études supérieures du Canada Vanier.

Achevé d'imprimer en août 2019
sur les presses de
Marquis imprimeur

Éd. 01 / Imp. 02
Dépôt légal : août 2017